Eine Geschichte von der Gnade Gottes

Holger Niederhausen

Eine Geschichte von der Gnade Gottes

Das Menschenwesen hat eine tiefe Sehnsucht nach dem Schönen, Wahren und Guten. Diese kann von vielem anderen verschüttet worden sein, aber sie ist da. Und seine andere Sehnsucht ist, auch die eigene Seele zu einer Trägerin dessen zu entwickeln, wonach sich das Menschenwesen so sehnt.

Diese zweifache Sehnsucht wollen meine Bücher berühren, wieder bewusst machen, und dazu beitragen, dass sie stark und lebendig werden kann. Was die Seele empfindet und wirklich erstrebt, das ist ihr Wesen. Der Mensch kann ihr Wesen in etwas unendlich Schönes verwandeln, wenn er beginnt, seiner tiefsten Sehnsucht wahrhaftig zu folgen...

1. Auflage April 2018

© Holger Niederhausen · Alle Rechte vorbehalten
Umschlagabbildung: Shutterstock / lisima, verändert.
Herstellung und Verlag:
BoD – Books on Demand, Norderstedt
ISBN 978-3-7528-3236-5

Selig sind, die reinen Herzens sind,

denn sie werden Gott schauen.

(Matthäus 5,8)

Das Leben war hart in den Tälern des Schwarzwaldes. Es forderte den vollen Einsatz der Kraft. Und manchmal war selbst dies nicht genug. Die Ernten lagen noch nicht in des Menschen Hand. Der Mensch konnte sein Bestes tun; aber ob er auch ernten konnte, das lag zuletzt in der Gunst von Wochen und Tagen, die über Wohl und Wehe entschieden. Und diese Gunst lag nicht in des Menschen Hand.

Manch eine Seele wurde dadurch demütig und fromm – in den meisten aber überwog die Härte. Das harte Leben durchdrang mit seinem Sein auch die Herzen der Menschen. Und Wenige sahen mehr als die Außenseite.

Am härtesten war das Leben – und so ist es immer und überall – für die Knechte und Mägde. Mag eine Zeit auch behaupten, sie hätte solche nicht mehr – sie lügt. Und ehrlicher waren noch die Zeiten, wo man die Knechte noch so hieß. Menschlich aber wird erst jene Zeit sein, wo nicht nur der Name der Knechtschaft verschwindet.

*

Heinrich war einer von vielen Knechten, wie es sie in jedem Schwarzwaldtal, auf jedem Hof gab. Er wusste mit seinen sechzehn Jahren sehr gut, wo sein Platz war. Dieser hätte durchaus ein anderer sein können, wenn er sich nicht an einem dunklen Winterabend mit dem Großknecht angelegt hätte.

Der Großknecht war ein übler, roher Geselle. Er regierte mit harter Hand, und der Bauer ließ ihn gewähren – lief doch so alles nach seinem Wunsch und ohne dass er sich selbst die Hände schmutzig machen musste. Dass aber auch Herz und Seele schmutzig werden können, das merken die Menschen nicht – und am wenigsten die, die es betrifft.

An einem Winterabend also saßen die Knechte bei ihrem ärmlichen Mahl in der Gesindestube. Der Großknecht hatte sich gerade das zweite Mal von der Kohlsuppe auf seinen Teller geschöpft. Dabei war ein wenig auf den langen Holztisch gekleckert. Dies schien ihn zu stören. Kühl wie der Blick eines Falken glitt der seine über den Tisch und blieb an Heinrich haften. Er war der Jüngste.

„Heinrich, hier", deutete er mit kurzer, herrischer Geste auf den Fleck, „wisch das fort!"

Heinrich war durchaus kein Duckmäuser. Er arbeitete hart und wusste dies auch. Er nahm es hin, vieles tun zu müssen, was andere nicht tun wollten. Draußen auf dem Feld oder auf dem Hof nahm er jede Arbeit hin, wie er musste. Doch sein hitziges Gemüt, das sich schon oft gegen die ganze Art des Großknechts gekehrt hatte, wenn auch nur inwendig, wehrte sich nun mit plötzlichem Aufbegehren, auch noch Sklavendienste zu verrichten.

„Warum ich?", erwiderte Heinrich daher.

„Warum du?", entgegnete der Großknecht unmittelbar drohend. „Weil ich es sage!"

Diese Antwort hätte den Heinrich zur Vernunft bringen müssen. Aber sein Hitzkopf war nun erst recht entflammt – und die atemlose Stille, die nun um den Tisch schwebte, schien ihn noch zu ermutigen.

„Kannst du's nicht selbst?", hörte er sich sagen.

Er wollte seine Entgegnung eigentlich gar nicht bloß in eine schwache Frage kleiden, doch kaum waren auch diese Worte ausgesprochen, lagen sie ebenso herausfordernd über der alten, verbrauchten Tischplatte wie jede andere Entgegnung, die sich dem Willen des Großknechts entgegengestellt hätte. Nun war die Luft wirklich wie zum Schneiden.

„Komm her!", presste der Großknecht mühsam hervor.

Nun blieb dem Heinrich nichts anderes übrig. Er musste seinen Stuhl zurückschieben, an den anderen Knechten vorbeigehen und vor den Großknecht treten, der mehr als doppelt so alt war wie er.

Und als er vor ihm stand, sah er noch kurz dessen rechten Arm vorschnellen, bevor ihm der Atem wegblieb und er mit einem ungeheuren Schmerz in der Magengrube zusammenbrach.

Als er wieder zu sich kam und mühsam nach Luft rang, hörte er dumpf und wie von ferne über sich die Worte:

„Wenn du mir noch *einmal* widersprichst, wirst du tot vom Hof getragen."

So kam es, dass Heinrich nicht nur an diesem Abend den gesamten Abwasch versorgen musste, sondern nun erst recht Tag für Tag die niedersten Dienste zu verrichten hatte und der Verachtung des Großknechts gewiss war.

So wird der Stolz eines Menschen gedemütigt, und er lernt, sich einzufügen. Auch Heinrich blieb nichts anderes übrig, aber sein Stolz schwelte unter der Oberfläche weiter. Er wurde Tag für Tag gedemütigt, aber Heinrich zog ihn immer wieder aus dem Schmutz hervor, und der Großknecht war zu schlau, eine unsichtbare Grenze zu überschreiten. Ihm reichten die festgeschlagenen Grenzen der eisernen Rangordnung vollkommen.

*

Doch selbst ein Knecht hat noch Freuden. Auch er darf an den Festen teilnehmen, die das harte Leben der Schwarzwälder für Momente auflockern und erhellen. Heinrich trug sein hartes Los, aber er verbitterte nicht. Sein jugendliches Blut trug in sich den Glauben der Jugend: Einmal wird alles besser. Ich werde groß und stark und dann... Und Heinrich tanzte mit den Mädchen der Nachbarhöfe und auch mancher

Kuss ging an einem solchen aus aller Alltagsnot herausgehobenen Abend hin und her.

Wenn er einmal einen halben Tag frei hatte, saß er mit den anderen Knechten der umliegenden Höfe in der Nähe des Dorfbrunnens, genoss die Strahlen der Sonne, die einen einmal nicht in ihrer Hitze arbeiten, sondern ruhen ließ, und genoss auch den Anblick der Mädchen, wenn mal eines vorüber kam. Die älteren Knechte hatten immer einen Pfiff oder einen herausfordernden Spruch auf den Lippen – und die Mägde ließen es sich mit verschämten Blicken gefallen.

Bartholomäus, einer der Knechte vom Fiedlerhof, breitete ungefragt seine Weisheiten aus, als wieder einmal zwölf oder dreizehn von ihnen zusammensaßen.
„Ich sag's euch – man muss sich ein Mädchen anlachen, bevor ein Fest kommt! Sonst sucht man sich eins aus, dann tanzt es mit dem Nächstbesten, und schon bleibt's bei ihm!"
„Bei dir würd' ich auch nicht bleiben!", lachte der Franz vom Rainer-Hof.
„Du komm her!", drohte Bartholomäus lachend. „Du willst wohl Prügel, was?"
Aber die Knechte, die sich hier zusammenfanden, waren zu einträchtig miteinander, als dass sie Streit suchten. Es war ein brüderliches Necken, das sie alle zusammenschweißte. Gemeinsame Not verbindet, und oft macht das dunkelste Schicksal die Herzen am hellsten.
Heinrich wusste, dass keines der Leben, die hier bei ihm waren, ein Zuckerschlecken war. Doch niemand sprach darüber, denn jeder wusste, dass es dem Anderen nicht anders ging.
Die neckenden und manchmal auch frechen Bemerkungen gegenüber den Mädchen versuchten, dem Leben jene Funken abzutrotzen, die es doch auch noch bieten musste...
Auch für Heinrich war dies das einzige Leben, das er kannte, ja, das es gab.

Aber dann verwandelte ein Ereignis sein Leben völlig. Da jedoch war er allein.

Ob es Zufall oder eine seltsame Fügung des Schicksals war, es war jedenfalls ein milder Juli-Abend, als der Großknecht Heinrich zu sich rief.

„Heinrich, komm her!", klang die verhasste Stimme über den Hof, die keinerlei Widerspruch duldete.
Es war kurz vor der Zeit des Abendessens, und längst brannte Heinrich der Hunger im Bauch. Mit der nie abzutötenden Abneigung folgte Heinrich dem Ruf des Großknechts. Dieser mochte sie bemerken – solange sie unterschwellig blieb, genügte ihm der Gehorsam.
Grinsend holte der Großknecht einen Beutel aus der Tasche.
Heinrich wollte den ihm gereichten Beutel nehmen, da entzog ihn der Großknecht ihm wieder mit gehässigem Blick.
„Dieser Beutel", sagte der drohend, „enthält genau abgezähltes Geld. Der Großknecht vom Fiedlerhof bekommt es von mir. Ich dachte, ich schaff's heut, aber...", der Großknecht grinste wieder, „nun wirst du ihn für mich hinbringen, mit bestem Gruß, und wehe dir, du vertrödelst dich! Die anderen Wehes brauche ich wohl nicht erwähnen..."
„Und wann soll ich essen?", fragte Heinrich, weil er es wirklich wissen wollte.
„Du kannst essen", schrie der Großknecht ihn wütend an, „wenn du wiederkommst!" Dann fügte er grinsend hinzu: „Wenn dann noch was da ist... Und nun pack dich!"

Heinrich nahm den ihm im letzten Moment noch einmal hingehaltenen Beutel und machte sich auf den Weg.
Ein Magen, der weiß, dass er hungrig bleiben wird, brennt noch einmal so stark. Bis zum Fiedlerhof waren es gut zwanzig Minuten Wegs. Hin und zurück gerechnet, war also das Abendessen wahrscheinlich längst vorbei, wenn er wieder ankam – und er wusste, dass er dann bis zum nächsten Morgen nichts mehr bekommen würde.

Mit Hass im Herzen, der immerhin den brennenden Hunger übertönte, ging er den schlechten Fahrweg entlang, der zum Fiedlerhof führte.

Die Ruhe des milden Juli-Abends, der Frieden des ihn aufnehmenden Waldes, sie hätten Heinrichs Herz ebenfalls milde und friedlich stimmen können, aber Hass und Hunger blieben stärker. Hinzu kam, dass er den Bauern des Fiedlerhofes und dessen Großknecht kaum weniger hasste als seine eigenen Herren. In ihrer Art gab es kaum einen Unterschied. Äußerlich sahen die Menschen anders aus, innen glichen sie einander so unendlich...
Er dachte an Bartholomäus. Dieser fröhliche Blondschopf musste es dort aushalten, während er selbst auf dem Gerberhof seine Tage fristen musste. Er hoffte, ihn wenigstens kurz zu sehen. Vielleicht könnte er ihm auch noch einen Bissen zustecken.

Heinrich schritt tüchtig aus, und bald gab der Abendstille atmende Wald den Blick auf den Fiedlerhof frei. Der Hof verdankte seinen Namen dem Großvater des jetzigen Bauern. Einst hatte dieser auf der Geige Melodien in den Wald gesandt. Auch Vater und Großvater des jetzigen Fiedlerbauern hatten den Ruf harter Männer gehabt, und doch fragte sich Heinrich, ob ein Bauer, der Geige spielte, so ganz und gar verhärtet sein konnte.

*

Mit diesen Gedanken und dem nagenden Hungergefühl betrat er den Hof.

Eine junge Magd kam gerade aus einer Stalltür und kreuzte mit einem Blecheimer in der Hand seinen Weg. Ihr Gesicht und ihr Kleid trugen die typischen Zeichen eines arbeitsrei-

14

chen Tages. Ihr Gesicht trug aber noch mehr – etwas, wofür Heinrichs Verstand die Begriffe nicht fand, aber er schien in demselben Moment sowieso fast ganz auszusetzen, und es war vielmehr sein Herz, das fast stotternd fragte:

„Wie heißt du?"

Der Blick des Mädchens schien kurz einen Fluchtweg zu suchen.

Dann sagte es scheu:

„Marie..."

Allein schon um dem Mädchen seine Furcht zu nehmen, fragte Heinrich als nächstes:

„Wo finde ich den Großknecht?"

Das Mädchen deutete auf eines der vielen Gebäude.

„Ich glaube ... er ist im Stall."

Wundersam blickte er das Mädchen noch einen Augenblick an. Es schien noch immer Furcht zu haben.

So freundlich er konnte, bedankte Heinrich sich und ging auf den Stall zu. Gerne hätte er noch ein wenig mit dem Mädchen zugebracht. Er blickte ihr noch einmal nach, und als er sah, wie auch sie sich noch einmal schüchtern umdrehte, um erschrocken sogleich wieder den Blick zu wenden, lächelte er.

Heinrich fand den Großknecht des Fiedlerbauern wie beschrieben im Stall. Er grüßte kurz und reichte ihm dann den Beutel.

„Ich komme vom Gerberhof. Unser Großknecht wollte, dass ich dir diesen Beutel bringe, weil er es selbst nicht geschafft hat."

Der Großknecht starrte auf den Beutel, dann lachte er hässlich.

„Aha! Gewusst wie. Und es ist alles noch genauso drin?"

„Ich habe nichts rausgenommen."

Wieder lachte der Großknecht.

Siedendheiß wurde Heinrich klar, dass hier jeder alles behaupten konnte. Gegenüber dem eigenen Großknecht konnte er sich nicht mehr schützen, nur noch in Bezug auf eine treue Übergabe, wenn alles mit rechten Dingen zuging.

„Zähl nach!"

„Was?", fragte der Großknecht unwillig.

„Ich will die Gewissheit, dass alles in Ordnung ist."

„Traust du mir etwa nicht?", fuhr der Großknecht auf.

Heinrich wollte etwas erwidern, aber stattdessen sagte er nur: „Ich bin bloß ein Knecht – aber es soll alles seine Ordnung haben."

Der Großknecht warf ihm wütend den Beutel an die Brust.

„Du! Du zählst mir vor, dass alles seine Ordnung hat. Und wehe, auch nur eines fehlt!"

Nun wurde dem armen Heinrich erst recht heiß. Er sah sich suchend um.

Der Großknecht streckte ihm spöttisch seine Hand hin.

„Da hinein – da gehört's ja hin!"

Voller Abneigung zählte Heinrich Münze für Münze in die Hand des Großknechts, der schließlich die zweite zu Hilfe nahm. Und doch war er tief erleichtert, als er bei einer runden Summe herauskam.

Spöttisch blickte der Großknecht ihn an, als er die Münzen in den aufgehaltenen Beutel gleiten ließ. Dann nahm er Heinrich den Beutel ab und sagte von oben herab:

„Hast Glück gehabt! Diesmal..."

Heinrich wollte sich umwenden, da rief der Großknecht ihn zurück.

„He!"

Voller Abneigung drehte Heinrich sich wieder um. Der Großknecht fragte:

„Geht man bei euch auf dem Gerberhof so ohne Abschied, ja? Soll ich's deinem Großknecht sagen, wie du die Leute hier behandelst?"

Drohend machte der Großknecht einen Schritt auf ihn zu.

Heinrich wusste, dass er mit jeder Antwort nur den Kürzeren ziehen konnte.

„Alles Gute dem Großknecht...", murmelte er mit so wenig Spott, dass niemand ihm etwas nachweisen konnte.

Der Großknecht grinste zufrieden.

Heinrich nahm die Niederlage hin wie das tägliche Wetter. In dieser Welt gewann nun einmal immer der Stärkere.

*

Als er wieder über den Hof ging, wäre er gern wieder dem Mädchen begegnet, aber natürlich sah er sie nirgendwo mehr.

Der Gedanke an sie begleitete ihn auf seinem ganzen Rückweg. Sie schien noch sehr jung zu sein, höchstens dreizehn. Was fand er nur an ihr? Aber je mehr er sich dies fragte, desto mehr schien ihm schon die Frage ein Vergehen an dem Mädchen. Was man an ihr finden konnte? Das war eben ihr Blick gewesen, ihre Augen... Aber auch ihr Gesicht und alles andere. Alles andere? Aber sie war erst dreizehn! Sie war noch ein Mädchen! Was hieß denn alles andere?

Als Heinrich den Gerberhof wieder erreichte, musste er sich eingestehen, dass dieses Mädchen seinen Sinn ganz für sich eingenommen und verwirrt hatte. Er merkte sogar erst in seiner Kammer, dass er nicht einmal versucht hatte, noch etwas Essbares bekommen, ja, dass er nicht einmal mehr denselben Hunger hatte wie vorhin...

In den nächsten Tagen drängte sich der Alltag wieder stark in den Vordergrund. Ein Knecht darf nicht seinen Gedanken nachhängen, also hängt auch nichts in seinen Gedanken. Vordergründig sind sie jedenfalls der schweren Arbeit zugewandt, die zu leisten ist – und das sind tausend verschiedene Handgriffe jeden Tag. Da sind die Tiere, da sind die Vorbereitungen auf die Ernte, da ist schweres Tagwerk Stunde um Stunde.

Aber in den Pausen, auch in den kleinen, und seien es nur Atempausen, drängte sich nun aus dem Hintergrund des Bewusstseins immer wieder ein Mädchen nach vorne. Ihre Gestalt geisterte in Heinrichs Seele umher, ohne dass er es wollte. Oder wollte er es gar?

Er wusste sich selbst keinen Rat damit. Keinen Rat damit, dass er abends, wenn das Tagwerk endlich vollbracht war, in seiner Kammer lag und, bevor er den Schlaf fand, mit offenen Augen an die nachlässig gekalkte Decke starrte und an das Mädchen dachte.

*

Als sie an ihrem nächsten freien Nachmittag beim Dorfbrunnen zusammensaßen, war Heinrich schweigsamer als sonst. Er verfolgte eine Zeitlang das Treiben der Gefährten, dann fragte er Bartholomäus schließlich beiläufig:

„Woher kommt eigentlich eure neue Magd? Sie ist doch neu?"

Bartholomäus sah Heinrich verwundert an:

„Wen meinst du? Marie? Wieso fragst du?"

„Ich musste am Dienstag eurem Großknecht Geld von unserem überbringen. Da sagte sie mir, wo ich ihn finde."

Bartholomäus lachte.

„Ah – hat er dir vertraut, ja? Na ja, du wärst ja schön dumm, es nicht treu und redlich zu überbringen."

Noch einmal lachte er.

„Ich musste dafür auf mein Abendessen verzichten", erwiderte Heinrich. „Und hab mir noch zweimal Ärger eingehandelt – weil ich das Geld nachzählen ließ und weil ich mich nicht ordentlich verabschiedet hab."

Bartholomäus brach in Lachen aus.

„Du hast was? Nachzählen lassen?"

„Nun, ehrlich gesagt hat euer Großknecht mich nachzählen lassen. Aber ich hab's gewollt, dass nachgezählt wird."

„Nun, das war sicher besser", stimmte Bartholomäus zu.

„Und dann hast du dich nicht verabschiedet?"

„Nein, seine ganze Art war mir zuwider – aber er zwang mich dann, mich zu verabschieden."

„Und wie?"

„Ich weiß nicht mehr, was ich gesagt habe."

„Na ja, ist ja auch egal."

Bartholomäus blinzelte zufrieden in die Sonne, offenbar befriedigt von dieser kleinen Geschichte.

Etwas verlegen erinnerte Heinrich ihn an seine ursprüngliche Frage:

„Woher kommt nun eure neue Magd...?"

Bartholomäus lachte.

„Oh, das habe ich fast vergessen. So neu ist sie gar nicht, du hast sie nur noch nie gesehen. Vor drei Jahren brachte sie der Pfarrer. Als Kind waren ihr erst die Eltern weggestorben, später auch die Großeltern. Ich wundere mich, dass der Fiedlerbauer sie überhaupt aufnahm, aber der Pfarrer hat versichert, dass sie fleißig sei – und das ist sie auch. Sie arbeitet so viel wie manch ältere..."

Heinrich hatte voller Aufmerksamkeit zugehört. Nun verengten sich die Augen des Anderen zu forschenden Schlitzen.

Neckend fragte Bartholomäus:

„Du hast wohl nicht etwa ein Auge auf sie geworfen? Das wär' noch etwas sehr früh – sie ist erst dreizehn, meine ich."

„Ja, ja – schon gut...", erwiderte Heinrich beiläufig.

„Was...", hielt Bartholomäus nun inne. „Hast du? Hast du etwa ein Auge auf sie geworfen?"

Die anderen Knechte sahen ihn nun auch alle belustigt an.

„Nein!", erwiderte Heinrich verärgert. „Was soll der Unsinn? Ich wollte es nur wissen!"

„Nichts für ungut, Bruder", erwiderte Bartholomäus in seinem unverwüstlichen Frohsinn. „Ich dachte nur kurz, einen Moment lang..."

Heinrich schwieg. Er tat unbeteiligt und wie immer, aber noch nie war ihn eine Lüge so hart angekommen wie diese. Nun verfolgte auch sie ihn – zusätzlich zu dem Mädchen auch noch die Lüge an ihr.

Den ganzen Tag lang kam er sich schäbig vor. Und abends, als er wieder allein in seiner Kammer lag, bat er das Mädchen um Verzeihung. Nicht nur in Gedanken. In wirklichen Worten murmelte er es, so leise, dass es niemand hören konnte, auch wenn die Wände hellhörig waren:

„Verzeih mir, Marie, das war nicht recht von mir..."

*

Nach diesem Tag konnte er das Mädchen erst recht nicht mehr vergessen. Nun verband ihn mit ihr nicht nur eine winzige, kurze Begegnung, sondern auch eine Schuld, ein Verrat. Er hatte das Mädchen verleugnet, und wie eine Strafe verfolgte sie ihn noch mehr...

Er erwähnte sie nicht mehr. Aber er blickte auch den anderen Mädchen nicht mehr nach. Er tat es zwar, aber in seinem Herzen regte sich nicht mehr das, was bis dahin in solchen Momenten lebendig geworden war. Vielmehr schien jedes Mädchen, dem er nachblickte, seine Gedanken zu dem einen zu lenken, das wirklich noch ein Mädchen war, fast noch ein Kind...

Dann gab es noch den Kirchgang. Heinrich bedeutete er nicht viel. Was der Pfarrer predigte, hatte in seinen Augen nicht viel mit dem wirklichen Leben zu tun. Gerechtigkeit gab es nicht, und das Reich Gottes wartete allenfalls nach dem Tode. Manches Mal hatte er mit den anderen Knechten darüber gesprochen. Viele sahen es ähnlich, auch wenn sie mit ihrer Meinung hinter dem Berg hielten, gefragt doch wieder an sich zu zweifeln schienen. Nur Bartholomäus versuchte, ihn dann und wann auf andere Gedanken zu bringen. Er hätte einen besseren Pfarrer abgegeben. Aber selbst er vermochte Heinrichs Verhältnis zu diesen Dingen nicht zu ändern.
Heinrichs Interesse an der Kirche erwachte erst, als er merkte, dass manchmal auch das Mädchen da war. Das Dumme war, dass sie sich immer weit hinten hinsetzte, während sein Platz neben den anderen Knechten seines Hofes fast in der Mitte lag. Er konnte sich nicht einmal umdrehen, ohne dass es auffiel. Dennoch lebte er sonntags fortan auf den Moment hin, wo die Kirche zu Ende war und er vielleicht noch einen Blick auf sie erhaschen konnte. Er war enttäuscht, wenn sie nicht da war – und sein Herz schlug froh, wenn er sie von hinten sah, wie sie mit dem anderen Gesinde wieder zurück zum Fiedlerhof ging...

Die nächsten Wochen brachten harte Arbeit. Die Ernte stand bevor.

Und dann richtete ein heftiges Sommergewitter auch noch schwere Schäden an. Der Sturm rüttelte eine Nacht lang an Schindeln und Läden, deckte ab und riss hin und her, dass man dachte, der Leibhaftige selbst wäre in der finsteren Nacht. Da war alles auf den Beinen, flickte die undichten Stellen, arbeitete bis zur Erschöpfung und kroch dann nach vielen Stunden bis auf die Haut durchnässt wieder ins Bett, um noch ein wenig Schlaf zu finden.

Der Sturm hatte auch im Wald gewütet. Auch hier gab es nun mehr als genug Arbeit. Noch nie hatte Heinrich so geschuftet. Überall sah man müde, schweißnasse Gesichter. So sehr der Sturm gewütet hatte, so erbarmungslos brannte in den folgenden Tagen die Sonne von einem Himmel, der Wärme und Licht geradezu ausschütten wollte. An ihrem freien Nachmittag lungerten die Burschen in gedrückter, erschöpfter Stimmung an ihrem Stammplatz. Niemand war zu einem fröhlichen Gespräch aufgelegt, nicht einmal Bartholomäus. Es war, wie wenn Arbeit und Hitze einem gerade die Luft zum Atmen ließen.

*

Dann kam das Erntedankfest. Eine Gnade des Himmels hatte es gefügt, dass die Tage davor einen goldenen Glanz der Harmonie unter die Menschen warfen. Die Arbeit war schwer, aber nicht zu schwer. Die Ernte war von dem Gewitter nicht so zerstört worden, wie man zuerst befürchtet hatte. Es würde auch in diesem Jahr reichen. Und die vielen Tage des Einbringens der Ernte hatten schließlich ein glückliches Ende gefunden – die Herzen konnten aufatmen und das Fest genießen, das seit Menschengedenken an diesem Punkt des Jahres stand, um den Bund zwischen Mensch und Natur zu kräftigen.

Für die Burschen und Mädchen, die schließlich zum mit Wimpeln und Kränzen farbenfroh geschmückten Tanzplatz drängten, ging es zumeist allerdings um einen ganz anderen Bund. Die Natur *im* Menschen drängte hier zueinander, und auch wenn man sich über die geglückte Ernte freute, freute man sich doch noch viel mehr über und auf das andere Geschlecht...

Merkwürdigerweise tat dies auch Heinrich. Sei es, dass er von den anderen Knechten mitgerissen wurde, sei es, dass er überhaupt nicht damit rechnete, dass ein so junges Mädchen überhaupt teilnehmen würde – er dachte nicht an sie, sondern malte sich ausgelassene Tänze mit den anderen Mädchen des Dorfes aus, die an diesem Tag alle in ihren schönsten Kleidern erscheinen würden, mit leuchtenden Augen und blühenden Lippen...
Und Heinrich sah sie – die Mädchen von den anderen Höfen und auch dem eigenen, und sie waren alle schön, auf ihre Art, und sein Herz verfiel dem Taumel der Vorfreude, und die Musik setzte ein, und das Fest begann, die Ausgelassenheit erfasste die Herzen...

Und dann sah er *sie*. Sie mochte erst vor wenigen Augenblicken angekommen sein, denn ihre leuchtenden, fast ungläubigen Augen zeigten so eine erwartungsvolle Freude, dass es wie eine sanfte Lawine in sein Herz einschlug. Es war dieser eine, winzige Augenblick, in dem sich Heinrichs Herz für immer in dieses Mädchen verliebte – endgültig und unwiderruflich.
Heinrichs Verstand aber war noch nicht so weit wie sein Herz. Er sah, dass sie kein besseres Kleid trug als sonst – weil sie offenbar keines hatte –, und er sah diesen schrillen

Kontrast zwischen ihrer äußeren Erscheinung und dem unglaublichen Leuchten ihrer Augen. Er sah und etwas in ihm wusste unmittelbar, dass dieses Leuchten enttäuscht werden würde, denn was erwartete es?

Kurz begegneten sich ihre Blicke, und noch bevor er den seinen ablenken konnte, hatte sie bereits beschämt woanders hingeschaut, und doch leuchtete ihr Blick nun wieder auf die Tanzfläche, wo sich längst die ersten Paare gefunden hatten.

Heinrich wurde aus seinem Staunen gerissen, als Elsa, eine Magd seines Hofes vor ihm stand.

„Warum so schüchtern, heute, Heinrich? Möchtest du tanzen?"

Ihr verführerisches Lächeln ließ Heinrich nicht lange überlegen, und schon fand er sich auf der Tanzfläche wieder, die Welt um ihn herum drehte sich, vor sich hatte er das Gesicht eines blondschopfigen Mädchens, das in diesem Herbst achtzehn Jahre werden würde. Sie hätte sich auch andere Burschen aussuchen können...

„Ich habe gehört, was damals zwischen dir und dem Großknecht war...", sagte Elsa, während sie voller Freude über die Tanzfläche wirbelten.

„Ach ja?", erwiderte Heinrich, unangenehm erinnert.

„Das war unglaublich mutig von dir. Er hat's wirklich verdient", sagte Elsa bewundernd.

„Es ist mich teuer zu stehen gekommen", erwiderte Heinrich halb verbittert, halb lachend.

„Nimm's nicht so schwer", bat Elsa nun, „für mich bist du ein Held."

Nun verstand Heinrich, warum Elsa mit ihm tanzte. Betroffen wusste er einige Momente nichts zu sagen.

Er sah ihr in die Augen, und ihre Augen blickten zurück, und man musste nichts mehr sagen, nur tanzen, ein Mädchen im Arm...

Elsa tanzte auch den nächsten Tanz mit ihm. Heinrich fühlte sich von ihrer Annäherung geehrt, verführt, gefangengenommen. Er war nicht mehr Herr seiner selbst. Er genoss den Zauber – und nur eine leise Stimme sagte ihm, dass irgendetwas gerade zu schnell ging, aber er wirbelte ja auch rundherum, immer weiter.

Kurz nach Beginn des dritten Tanzes wurde Elsa von einem anderen Burschen abgefordert. Heinrich fing ihren bedauernden Blick auf – auch er bedauerte es. Dann ging er ein wenig verwirrt an den Rand der Tanzfläche zurück.
Er musste sich ein wenig orientieren, der wirbelnde Tanz hatte ihn etwas schwindlig gemacht.
Dann wurde er Zeuge eines besonderen Momentes.

Er stand nun auf der anderen Seite der Tanzfläche, und seine Augen erblickten das Mädchen erneut. Er sah in einem einzigen Bruchteil einer Sekunde, wie der erwartungsfrohe Glanz ihrer Augen einer bestürzenden Traurigkeit gewichen war, die niemand zu sehen schien. Doch in diesem Moment trat ein Junge auf sie zu, wirklich noch ein Junge, elf oder zwölf Jahre alt, und bat sie zum Tanz. Und sie folgte ihm...
Herausgehoben aus allem anderen sah Heinrich, wie das Mädchen dem Jungen aus Güte und Anstand folgte – aber ihre Freundlichkeit konnte ihre Traurigkeit nicht verbergen, auch wenn sie jetzt den Jungen anlächelte, während sie sich mit ihm drehte.
Der Junge freute sich unbeholfen, und das Mädchen freute sich mit ihm, sie war so lieb...
Für Heinrich waren die folgenden Minuten eine Offenbarung – die unglaubliche Offenbarung eines Mädchenherzens...

Als der nächste Tanz begann, wehrte sie die Frage des Jungen mit einer lieben, anmutigen Bewegung ab, und der Junge stahl sich wieder in die Menge der Umstehenden, sie aber ging auch wieder an den Rand und stand dort, nachsinnend, wartend, schön und von einer so sanften Traurigkeit...

Der Tanz entfaltete sich, und er hatte noch nie ein so einsames Mädchen gesehen. Wieder wagte sie einen Blick auf die Umstehenden – er konnte den seinen nicht von ihr abwenden, und als sie ihn bemerkte, schlug sie sofort ihre Augen nieder und verharrte regungslos...

Auch er wehrte nun ein Mädchen ab, das ihn um einen Tanz bat – das hatte er noch nie getan, nun tat er es wie im Traum, kaum bewusst.

Er hörte, wie der Tanz allmählich zu Ende ging. Er wusste, dass er das Mädchen keinen Tanz länger da stehen lassen konnte. Sein Herz würde sich diesen Anblick ein Leben lang nicht mehr verzeihen können.

Seinen Verstand durchzogen noch die Vorstellungen des Spottes, dem er sich aussetzen würde. Jeder würde ihn verspotten, jeder – weil er mit einem Kind tanzte. Aber das war ihm egal. Ihre lieben Augen waren mehr wert als der Spott eines ganzen Dorfes. Er nahm wie einen schweren Nebel alles kommende Unheil auf sich, als er sich wie im Traum mit dem zu Ende gehenden Lied aus der Menge der Umstehenden löste und auf sie zuging...

*

Als sie ihn erblickte, sah sie ihn mit schreckgeweiteten Augen an, bis er sie fragte:
„Willst du?“
Sie brachte kein Wort hervor, reichte ihm nur tief errötend ihre Hand und ging mit ihm...
Und dann tanzte er mit ihr, und sie konnte tanzen, und er schämte sich, mit einem Kind zu tanzen, und schämte sich zugleich seiner eigenen Scham, denn die Augen, die da so

ungläubig zu ihm aufblickten, liebte er längt mehr als alles andere auf der Welt.

Er wurde seiner eigenen Gefühle nicht Herr, bis sie schließlich schüchtern fragte:

„Warum ... tanzt du denn mit mir?"

„Darf ich nicht?"

„Doch..."

Sie schlug die Augen nieder – und er war von ihrer Schönheit geschlagen, mit jedem Schritt, in jedem Augenblick.

Sie tanzte zauberhaft. Das Zauberhafteste war ihre leise Unsicherheit. Fortwährend spürte er ihren zarten Leib. Nicht eine perfekte Tänzerin, sondern *sie*, ein unsicheres Mädchen, das sich mit aller Kraft bemühte, gut zu tanzen. Aber das gerade war ihr unendlicher Zauber...

Als das Lied seinen Höhepunkt überschritten hatte, sagte sie:

„Die Jungen werden doch über dich lachen..."

„Lass sie lachen..."

„Macht es dir denn nichts?"

Er sah in ihre fragenden Augen, die so unendlich gut waren, und lächelte nur.

Als der Tanz langsam zu Ende ging, fragte sie:

„Und wie heißt du?"

„Heinrich."

Dann blickten diese Augen ihn an und mit einem unbeschreiblichen Ausdruck sagte sie:

„Vielen Dank für diesen Tanz, Heinrich..."

Bestürzt und verwundert fragte er:

„Hast du schon genug?"

Doch da blickte er in Augen, die nun selbst ein Meer aus Bestürzung und Verwunderung waren.

„Ich – –? Ich dachte – –"

„Was dachtest du?"

Das Mädchen hatte längst stehenbleiben müssen.

„Ich dachte...", stotterte sie, „du wolltest doch sicher nur einmal kurz mit mir tanzen, weil..."

„Weil...?", fragte Heinrich freundlich.

„Weil es ja sonst niemand tut...", sagte das Mädchen und schlug die Augen nieder.

„Aber du hattest doch schon einen Tänzer!", entgegnete Heinrich lächelnd.

„Du machst dich über mich lustig!", rief das Mädchen entsetzt, wandte sich bestürzt um und lief von ihm fort, um in der Menge zu verschwinden.

Diese Reaktion hatte Heinrich nicht erwartet. Er brauchte eine Schrecksekunde, um zu begreifen, was geschah. Dann aber eilte er dem Mädchen hinterher. Sie lief fast von der Tanzfläche, und er brauchte eine Weile, um sie einzuholen und ihr Handgelenk zu greifen.

Erschrocken wirbelte sie herum. Schreckgeweitete Augen sahen ihn an – dann sah er, dass sie weinte.

„Marie..."

Ungläubig hörte sie ihren Namen. Sie begriff längst nicht mehr, was hier geschah. Wehrlos sah sie ihn an.

„Marie...", sagte Heinrich noch einmal, um sie zu beruhigen – und weil sie so schön war.

Sie aber konnte ihn nur ansehen, hilflos wie eine Blüte auf einem großen See.

Schon sah er die ersten spöttischen Blicke – und erwiderte sie böse. Auch sie bemerkte diese nun, und mit den verzweifelten Worten ‚Lass mich einfach!' riss sie sich los und lief erneut davon.

Er aber lief ihr hinterher, durch die dünner werdende Menge, bis sie am Rande des Festplatzes waren, wo man noch immer gesehen wurde, aber doch für sich war, allein mit ein paar mächtigen Tannen, die hier wuchsen.

„Warum folgst du mir?", fragte Marie.

„Weil ich dich mag."

„Du wirst ausgelacht, wenn du heute mit mir tanzt."

„Ich hab doch schon gesagt, das macht mir nichts."

Sie schwieg.

„Und du?", fragte Heinrich. „Auf wen hast du gewartet?"

Sie schwieg noch immer.

„Auf wen hast du gewartet, Marie?", fragte Heinrich noch einmal.

„Ich weiß nicht..."

Auf einmal hatte Heinrich das Gefühl, das Mädchen wolle allein sein.

„Dann lasse ich dich jetzt...", sagte er und wollte sich mit schmerzlicher Enttäuschung abwenden.

„Heinrich..."

Ihre liebe Stimme hielt ihn zurück.

„Wolltest du wirklich mit mir tanzen?"

Heinrich lachte ratlos.

„Stünde ich sonst hier?"

„Und du machst dich nicht lustig?"

„Warum denkst du so was?"

Sie senkte den Kopf.

„Du musst mich für unendlich dumm halten..."

„Aber auch für unendlich schön..."

„Und morgen macht ihr euch alle gemeinsam über mich lustig."

„Wieso denkst du so was, Marie?"

„Wie soll ich es mir anders denken?"

Auf einmal wurde etwas in ihm ärgerlich. Er sah dieses Mädchen vor sich, das überhaupt nicht begriff, was er für sie auf sich nahm – und das tatsächlich noch viel zu jung war. Er hob resignierend die Arme und wandte sich erneut um.

Je mehr Schritte Heinrich aber machte, ohne dass er hinter sich eine Reaktion bemerkte, um so schlechter fühlte er sich. Als er sich schließlich vorwurfsvoll umblickte und ihre völlig verratene und verworfene Gestalt hilflos da stehen sah, ging ihr Anblick ihm wie ein Schwert durch die Seele.

In einem einzigen Augenblick sah er unendlich viel – sie weinte nicht, sie war nicht ärgerlich, nicht enttäuscht, das alles nicht, aber sie war ratlos, bestürzt und absolut einsam, verlassen. Er konnte diesen Anblick nicht ertragen. Er bezwang selbst das Ärgerliche in sich. Kopfschüttelnd streckte er lächelnd seine Hand aus, dass sie zu ihm käme.

Sie aber drehte sich um und flüchtete an den Stamm einer der Tannen, wo sie ihr Gesicht an ihrem Arm barg.

Dies rührte ihn von neuem so, dass er zu ihr ging. Er wollte sie umdrehen und küssen. Aber als er ihre Schultern fasste, schrak sie so zusammen, dass er sie sogleich wieder losließ.

„Was willst du, Heinrich?", fragte sie klagend. „Was willst du noch? Ich habe doch schon alles verdorben..."

„Du hast nichts verdorben, Marie. Willst du mich nicht einmal küssen?"

Angstvoll drehte das Mädchen sich um und war nun erst recht fast in seinen Armen.

„Nein, Heinrich, bitte...", stammelte es. „Ich wollte nur tanzen. Ich wollte nicht – – Siehst du? Es tut mir leid! Bitte lass mich!"

Sie huschte schnell wie ein Häslein an ihm vorbei und rannte einen Waldweg entlang, der ins Nirgendwo führte.

Noch nie hatte Heinrich eine so reizende Beute gesehen.

Er lief ihr hinterher, und als sie sah, dass sie nicht entkommen konnte, blieb sie stehen. Er blieb aber zwei Schritte vor ihr ebenfalls stehen und seufzte:

„Ich will dir nichts tun, Marie. Mir reicht es, mit dir zu tanzen..."

Ungläubig sah sie ihn an.

„Aber du kannst doch mit allen anderen Mädchen tanzen."

„Ja, aber ich will mit dir tanzen."

„Aber warum?"

„Damit mich alle anderen auslachen."

Mit diesen Worten wollte er andeuten, was er für sie empfand.

Sie blieb sprachlos stehen, verstand nicht...

„Marie, weißt du nicht, wie schön du bist?"

„Ich? Ich bin doch nicht schön!"

Und als Heinrich etwas erwidern wollte, rief sie hinzu:

„Und ich bin doch auch viel zu jung für dich!"

Und wieder standen sie schweigend voreinander...

In den Baumwipfeln hörte man eine Blaumeise.

Der ganze Augenblick schien Heinrich wie aus der Zeit herausgehoben. Vor ihm stand das schönste Mädchen, das er je sah, fast ein Kind noch, aber kein Kind mehr, ratlos, unsicher, so voller Fragen in seinen wunderschönen, guten Augen – und er liebte es, und er wusste: Vor ihr hatte er noch nie ein Mädchen geliebt wie jetzt...

Und in diesem Reich der Ewigkeit streckte er noch einmal die Hand aus und sagte:

„Marie... Ich möchte mit *dir* tanzen und mit keiner anderen. Ich tu dir nichts. Das versprech ich dir. Magst du auch mit mir tanzen? Du hast dich vorhin doch so auf diesen Abend gefreut! Willst du ihn mir schenken, Marie? Ich schenk ihn dir..."

Ungläubig zögernd kam das Mädchen zu ihm heran. Mit einem unbeschreiblich zarten Vertrauen reichte sie ihm schließlich ihre Hand, und wie im Traum folgte sie ihm, dessen ganzes Herz sich schwor, diese unendlich sanfte Hand niemals zu enttäuschen...

*

Nun sah das Tanzrund zwei Menschenkinder in vollstem Glück ihrer Jugend. Wann immer die Scham in den reinen Bannkreis einbrechen und das Herz Heinrichs beflecken wollte, rissen die strahlenden Augen Maries und die unschuldige Röte ihrer Wangen es wieder in *ihre* Reinheit hinein, und es blieb von allen Anfechtungen verschont, lebte und webte in Glück und reiner Schönheit.

In einer Pause kam dann Karl, ein Knecht vom Fiedlerhof, an das junge Paar heran und ließ gegen Heinrich fallen:
„Willst du etwa das junge zarte Gemüse schon im Frühling ernten?"
„Halt du dich raus!", erwiderte Heinrich zornig.
„Oho!", entgegnete der Andere. „Ich achte nur auf ein junges Mädchen meines Hofes."
„Das geht dich nicht das Geringste an!"
„Ich möchte mit Heinrich tanzen!", warf Marie nun mit scheuem Mut ein.
Wütend funkelte Karl nun das Mädchen an.
„Du musst dich auch nicht jedem an den Hals werfen."

Da konnte Heinrich sich nicht mehr beherrschen. Er ging auf den fremden Knecht los, und schon war die Prügelei im Gange.
Schnell waren die beiden Raufbolde wieder getrennt und standen sich gegenüber, während auf einmal der Großknecht des Fiedlerhofes vor ihnen stand und fragte, was los sei.
„Das musst du deine eigenen Leute fragen!", stieß Heinrich wütend hervor.
Der Großknecht wandte sich Karl zu, und dieser zischte:
„Schau sie dir doch an! Beide! Der da vergreift sich an dem Mädchen – und sie wirft sich dem Erstbesten selbst an den Hals!"
Der Großknecht sah Heinrich scharf ins Gesicht.

Dann grinste er abfällig, auch gegenüber dem Mädchen, und sagte schließlich:

„Ich glaube, ihr lasst das jetzt! Ihr macht euch ja zum Gespött der Leute!"

Ohne sie noch eines weiteren Blickes zu würdigen, ging der Großknecht.

Heinrich sah, dass viele ähnlich dachten. Der Andere, Karl, fixierte ihn noch einmal kalt. Dann spuckte er vor Heinrich aus und wandte sich ab.

Als Heinrich erneut auf ihn losgehen wollte, fühlte er sich sanft festgehalten – es war das Mädchen.

„Lass ihn, Heinrich...", bat es leise.

Die Umstehenden wandten sich wieder dem Fest zu, und sie standen wie verloren zwischen den anderen.

„Was wirst du nun tun?", fragte Marie schließlich furchtsam.

Heinrich, der immer noch vor Zorn bebte, hätte das Mädchen am liebsten in den Arm genommen – stattdessen ergriff er nur sanft von neuem ihre Hand.

„Wir tanzen weiter!"

Scheu folgte das Mädchen ihm wieder auf die Tanzfläche.

Aber der Zauber war zerbrochen. Er sah die bleibende Furcht und Verwirrung in den Augen des Mädchens – und auch die Blicke mancher Umstehenden glaubte er zumindest zu sehen.

„Es tut mir leid, Marie."

„Du kannst ja nichts dafür..."

„Wie konnte dieser Kerl sich wagen – –"

„Er ist so..."

„Er hat kein Recht dazu."

„Nein."

„Ich könnte ihn umbringen."

„Bitte denk nicht mehr daran, Heinrich!"

„Kannst du das einfach so vergessen?"

„Es ist nicht gut, daran zu denken."

„Aber ich muss es die ganze Zeit."

„Heinrich?"

„Ja?"

„Wollen wir dann ein wenig spazieren gehen?"

„Ja, wenn du magst."

Marie blieb stehen und wartete, bis sie Heinrich folgen konnte, wohin er ging.

*

Als sie den Tanzplatz hinter sich gelassen hatten, ging Marie schweigend neben ihm.

„Geht es dir jetzt besser?", fragte sie schließlich scheu.

„Ja. Viel besser."

Sie lächelte.

„Warum", fragte Heinrich, „bist du nur manchmal in der Kirche?"

Erschrocken sah das Mädchen ihn an.

„Woher weißt du das?"

„Meine Augen haben dich einfach jedes Mal gesucht...", erwiderte Heinrich in stiller Aufrichtigkeit.

Ungläubig blieben die Augen des Mädchens einen Moment an den seinen hängen, ob er keinen Spaß treibe.

„Seit..."

„Ja – seit ich dich auf eurem Hof traf..."

Ein tiefes Schweigen brach ein. Heinrich sah, wie das Mädchen tief errötete. Er war von ihrer Schönheit so berührt, dass er über seine nächsten Worte nicht nachdachte.

„Du kannst mich auch verspotten, Marie – aber seitdem liebe ich dich..."

Das Schweigen wurde noch tiefer.

Kaum hörbar sagte das Mädchen schließlich:

„Ich würde nie jemanden verspotten..."

Dennoch kam sich Heinrich mit seinem Geständnis nun ziemlich einsam vor. Und so sagte er schließlich:
„Aber du hältst mich jetzt wahrscheinlich auch für – –"
Scheu und zugleich unendlich rein blickte das Mädchen, das stehengeblieben war, Heinrich nun an:
„Für was..."
„Ich weiß nicht für was...", erwiderte Heinrich und ging verlegen weiter. „Für was auch immer..."
Wieder begleitete sie eine Weile das Schweigen.

Dann sagte das Mädchen:
„Aber ich bin doch nun einmal viel zu jung für dich, Heinrich..."
„Ja, dann kann ich es auch nicht ändern. Was soll ich denn machen?"
„Hast du gern mit mir getanzt?"
„So liebend gern wie mit keiner anderen."
„Und du willst..."
Sie verstummte. Weil aber auch er nichts sagte, setzte sie von neuem an.
„Und du willst..."
Er half ihr auch diesmal nicht. Und so brauchte sie mit einer süßen Verzweiflung noch einen dritten Anlauf.
„Und ... und du willst auch ... das andere?"
Sie sah ihn scheu von der Seite an. Er half ihr nicht...
„...was man dann so will...?"
Er schwieg.
„Küssen...? Und ... und vielleicht sogar noch mehr?"
Ihre Unsicherheit rührte ihn so unendlich – darum schwieg er noch immer.
„Ja, Heinrich?", wiederholte sie leise. „Willst du das? Natürlich willst du das... Aber wieso gerade von mir? Ich ... ich kann das alles noch nicht, Heinrich..."

Nun eilte er dem Mädchen zu Hilfe.

„Das musst du nicht, Marie! Ich werde warten, *bis* du es kannst."

„Bis ich es kann?", fragte Marie furchtsam. „Aber wie lange soll das dauern? Du hast doch sicher gedacht, ich kann es schon..."

„Ich weiß nicht, was ich gedacht habe. Ich weiß nur, was ich jetzt denke. Und das habe ich gerade gesagt."

Da schwieg das Mädchen noch einmal – und dann blieb es abermals stehen und sah den Heinrich offen und groß an und sagte:

„Ich hab bestimmt einen Fehler gemacht, hierher zu kommen, Heinrich. Wir passen doch gewiss nicht zusammen, so alt wie du bist und ich so jung..."

Da brach dem Heinrich der Schweiß aus den Poren. Er fühlte sich von dem Mädchen nun endgültig zurückgewiesen, und doch konnte er ihm nicht böse sein. So sagte er nur:

„Wenn du *so* denkst, Marie, dann leb wohl..."

Und Heinrich ging denselben Weg zurück und ließ sie stehen – und hatte doch nicht das Gefühl, sie stehenzulassen, sondern sie freizugeben.

Und so blieb ein jedes mit Leid und Schmerz zurück und gerade ihre letzten Worte hatten beide voneinander missverstanden. Der eine gute Wille hätte den anderen gewiss gefunden, aber die Scham trieb sie doch in die Irre...

Heinrich versuchte, das Mädchen zu vergessen – und konnte es doch nicht. Immerfort musste er daran denken, dass sie ihn zu alt fand, was er ja auch war – aber sie zu jung –, aber dafür musste es doch eine Lösung geben? Er wollte doch gar nichts von ihr, was sie nicht wollte. Er wollte nur bei ihr sein; er wollte nur, dass sie bei ihm war. Und er würde warten, so lange, wie er sollte.

Es war eine sehr, sehr reine Liebe in seinem Herzen. Und deshalb konnte er Marie auch nicht vergessen. Aber viel Spott hatte er wegen ihr zu leiden. Die Knechte auf seinem Hof verspotteten ihn noch am selben Abend, die übrigen, sobald sie ihn sahen. Er ertrug es und wehrte sich nicht.

Am nächsten Sonntag, als Marie nach dem Gottesdienst die Kirche verließ, sah sie sich kurz nach ihm um. Als sie aber seinen Blick bemerkte, wandte sie sich sofort wieder nach vorn, und Heinrich war es, als senkte sie ihren Kopf. Sein Herz brannte, aber er wusste sich keinen Rat.

Währenddessen ging der Spott weiter. Immer wieder kamen die Knechte auf das Fest zurück.
„Na, Heinrich, was fandest du an der kleinen Marie?"
„Ihr wart ja verliebt wie zwei Täubchen. Aber was war dann?"
„Zuerst hattest du doch die Elsa – war sie dir nicht gut genug?"
Das ging immer so weiter, bis schließlich Bartholomäus selbst dem Treiben Einhalt gebot – was zumindest eine gewisse Mäßigung brachte.

Heinrich lebte seit jenem Abend wie in einer anderen Welt. Er staunte selbst über sich. Er musste glauben, dass Marie selbst ihn zurückgewiesen hatte, aber er konnte sie nicht vergessen – auch nicht jene Augenblicke, die sich seinem Herzen so fest eingeprägt hatten: Wie sie erst so erwartungsfroh, dann so unglücklich dagestanden hatte. Wie sie dann überglücklich mit ihm getanzt hatte. Wie sie ihn gegen den Karl verteidigt hatte. Wie sie vor ihm fortgelaufen war, weil sie dachte, auch er würde sie verspotten. Und immer wieder gingen seine Gedanken auch zu ihrer ersten Begegnung zurück: Wie sie da mit dem Blecheimer über den Hof kam, so schmutzig und doch so strahlend schön...

Nein, er konnte sie nicht vergessen. Warum nur hielt sie sich für zu jung? Musste denn dies ein Problem sein? Aber warum hatte sie sich dann nach der Kirche nach ihm umgeschaut? Weil es ihr leidtat? Ach, wenn er doch nur noch einmal mit ihr reden konnte!

Dann aber war es Marie, die mit ihm sprechen wollte.

*

Es war der folgende Sonntag, als sie nach der Kirche, als sie bereits draußen war, zu ihm zurücklief und ihm zuflüsterte: „Heinrich, bitte – kannst du heute nach dem Abendläuten kurz vor dem Fiedlerhof auf dem Waldweg auf mich warten? Sag schnell!"
„Ja, aber warum?"
„Ich tu so, als hätt ich mein Taschentuch in der Kirche verloren. Es darf niemand wissen. Bitte komm!"
Sie sandte ihm noch einen bittenden Blick und eilte dann weiter in die Kirche. Kurze Zeit später sah er sie wieder den Leuten vom Fiedlerhof hinterherlaufen – nicht ohne einen nochmaligen Blick in seine Richtung.
Heinrich wusste sich darauf keinen Reim zu machen. Nach dem Abendläuten aßen sie auf dem Gerberhof zu Abend. Gerne würde er wieder für sie hungern. Aber was wollte sie ihm sagen? Sie hatte nicht gut ausgesehen.

Am Abend bemühte Heinrich sich, früh genug vom Hof wegzukommen. Aber er wurde aufgehalten. Der Großknecht hatte noch verschiedene Aufgaben für ihn – und so kam er erst fast mit dem Abendläuten fort, als die anderen zum Essen gingen. Er lief den Weg zum Fiedlerhof, so schnell er konnte – und kam schweißgebadet dort an, trotz der Herbstkühle.
Marie war nicht da.

Etwas enttäuscht ging er vorsichtig bis auf Sichtweite an den Hof heran. Jetzt sah er Marie vom Stall zum Hauptgebäude gehen. Sie erblickte ihn und gestikulierte wild mit den Händen. Er verstand so viel, dass sie sich unendlich freute, ihn zu sehen, dass er sich aber verstecken möge und dass sie versuchte, baldmöglichst zu kommen.
Heinrich hielt sich also abseits und wartete. Die Kühle kroch ihm in das durchnässte Hemd, und er war durchaus unzufrieden, zumal sein Magen jetzt sehr deutlich sein Recht forderte.

Als er nach einer halben Stunde wirklich zu frieren begann, sah er schließlich wieder Maries Gestalt über den Hof huschen – und nach wenigen Augenblicken war sie bei ihm.
„Heinrich – dass du wirklich gekommen bist!“
Sie schien überglücklich und gleichzeitig zu Tode betrübt.
„Was ist denn, Marie?“
„Ach, Heinrich – ich muss fort!“
„Was heißt fort?“
„Fort! Ich geh fort. Noch heute Nacht!“
„Aber wieso denn, Marie?“
„Frag nicht!“, erwiderte das Mädchen. Dann schlug es die Hand vor das Gesicht.
„Wegen dem Großknecht!“, presste sie hervor.
„Wegen dem Großknecht? Wieso? Was tut er dir?“
„Ach, Heinrich! Wenn ich's dir sage, bin ich ohne Ehre! Aber das bin ich ja sowieso schon... Er ... er küsst mich im

Stall, ohne dass ich's will. Ach! Wär ich beim Erntefest dein Mädchen geworden, wär es vielleicht alles nicht passiert – aber nun ist's zu spät, Heinrich! Es ist zu spät!"

„Warum ist's zu spät, Marie?", fragte Heinrich bestürzt.

„Weil ich fort muss!"

„Kannst du nicht sagen, du bist mein Mädchen?"

„Das würde ihn gar nicht stören! Und er will ja ... er will ja noch mehr..."

„Noch mehr?"

„Ja!"

Das Mädchen schlug wieder die Hände vor das Gesicht.

Dann sah sie Heinrich geradeheraus an.

„Und deshalb muss ich fort, Heinrich. Ich geh noch heute Nacht. Ich wollt' nur, dass du's weißt... Ach! Ich wär so gern dein Mädchen gewesen, Heinrich!"

„Marie...", sagte Heinrich hilflos.

Da warf sie sich in seine Arme und weinte bitterlich.

„Können wir denn nichts tun, Marie?"

Sie schüttelte den Kopf.

„Nein."

„Wir können mit dem Fiedlerbauern sprechen."

„Nein! Er würde nur auf den Großknecht hören."

„Mit der Bäuerin."

„Sie kann auch nicht helfen!"

„Mit Bartholomäus."

„Er kann nichts tun."

„Aber der Großknecht kann damit doch nicht einfach durchkommen!"

„Kommt er aber!"

„Wir können mit dem Pfarrer sprechen."

„Das ist zu spät. Und er kann auch nichts tun! Ich muss fort, Heinrich! Ich geh einfach fort von hier. Einfach fort..."

„Dann komm ich mit dir."

Das Mädchen hob in ungläubigem Erstaunen seinen Kopf zu ihm auf.

„Du, Heinrich?"

„Ja."

„Aber das kannst du doch nicht! Du hast doch gute Arbeit..."

„So gut ist sie nicht. Und ich lass dich nicht allein, Marie."

„Das kannst du aber. Ich will nicht, dass du mitkommst, Heinrich."

„Warum nicht?"

„Heinrich! Ich will dir kein Unglück bringen!"

„Vielleicht bringst du mir ja Glück."

„Nein, Heinrich, bestimmt nicht. Ich hab dir von Anfang an kein Glück gebracht."

„Woher willst du das wissen?"

„Sie spotten doch über uns."

„Das macht mir nichts."

„Es tut mir leid, Heinrich! Ich hätte dein Mädchen werden sollen... Ich dachte nur – –"

„Was dachtest du?"

„Ich weiß nicht, was ich dachte, Heinrich. Jetzt ist ja auch alles zu spät..."

„Es ist nie zu spät, Marie."

„Aber ich muss fort, Heinrich. Ich geh fort heute Nacht!"

„Dann geh'n wir zusammen."

„Aber ich hab nicht gesagt, dass du mitkommen sollst."

„Nein, Marie, hast du nicht."

„Und du willst es trotzdem?"

„Ja."

Da weinte das Mädchen von neuem an seiner Brust.

„Wär ich beim Erntefest nicht so dumm gewesen!"

Heinrich streichelte ihr Haar, zum ersten Mal – und sie umarmte ihn fester.

Dann sah sie ihn an.

„Ich pack mein Bündel gleich nach dem Essen, Heinrich. Ich bleib nicht, bis es dunkel wird."

„Ich kann hier auf dich warten, Marie. Dann gehen wir zusammen zum Gerberhof – und von da aus weiter."

„Aber wo werden wir schlafen?"

„Wenn du willst, verstecke ich dich diese Nacht im Heu, und wir brechen morgen in aller Frühe auf."

Würdest du das tun?"

„Ja."

„Gut, Heinrich. Dann wart hier auf mich. Ich komm, so schnell ich kann!"

„Wenn du einen kleinen Bissen für mich hättest..."

Das Mädchen sah ihn groß an.

„Du ... du hast kein Abendessen?"

„Nein, Marie."

Wieder schlug sie beschämt die Hände vor das Gesicht.

„O nein, Heinrich! Ich bin so dumm..."

Er nahm sie sanft in den Arm.

„Nein, Marie – das bist du nicht. Es ist alles gut. Hast du warme Sachen?"

„Ich hab nur meine Jacke – und einen Umhang."

„Das ist nicht viel. Ich würde mich gerne noch von Bartholomäus verabschieden. Kannst du ihn kurz herschicken?"

„Ja. Aber er wird mich nicht abhalten wollen, nicht wahr?"

„Vielleicht doch."

„Aber er kann nichts tun, Heinrich, ich weiß es! Ich geh heute fort! Egal, was er sagt."

„Keine Sorge, Marie. Ich will mich nur von ihm verabschieden."

„Ja, Heinrich, ich schicke ihn. Und du wartest hier auf mich? Ich komm gleich nach dem Essen..."

„Ja, Marie."

„Gut, Heinrich. Ich danke dir so sehr!"

Sie huschte wieder zurück.

Sein Herz zog sich vor Leid zusammen, als er sie so sah.

Nicht viel später tauchte der Freund auf.

„Grüß dich, Heinrich – was führt dich hierher?"

„Hat Marie dir nichts gesagt?"

„Nein. Nur, dass du hier auf mich wartest – und dass es wichtig ist."

„Bartholomäus, ich werde mit Marie fortgehen."

„Du? Wieso?"

„Euer Großknecht ist hinter ihr her."

„Unser – –", wiederholte Bartholomäus bestürzt. „Hinter Marie?"

„Ja."

„Das hat sie dir gesagt?"

„Ja – und dass sie heute fortgeht."

„Dieser Schuft!"

„Wir wissen alle, dass er ein Schuft ist."

„Aber das ... das darf ihm doch nicht einfach so durchgehen!"

„Was willst du denn tun?"

„Ich könnte ihn zur Rede stellen."

„Und dann."

„Dann müsste er damit aufhören."

„Oder du würdest vom Hof müssen."

„Das würde noch fehlen!"

„Du weißt, wie das geht. Er würde etwas finden..."

„Ich könnte die anderen Knechte zu Hilfe rufen."

„Das gäbe Krieg – und du weißt trotzdem, wer stärker ist."

„Wir könnten es dem Pfarrer sagen."

„Das habe ich Marie auch gesagt. Aber es nützt ihr nichts. Was der Pfarrer predigt, ist weit weg. Und er tut auch nichts."

„Er hat damals dafür gesorgt, dass Marie hierher kam. Er hat eine Verantwortung."

„Ja", lachte Heinrich bitter. „Eine Verantwortung. Er hätte für vieles eine Verantwortung. Aber er predigt nur. Pfarrer predigen immer nur. Das weißt du doch."

„Und das heißt..."

„Dies ist unser Abschied, Bartholomäus. Du warst mir immer ein Freund. Dafür danke ich dir."

„Du mir auch, Heinrich. So jung, wie du warst. Das mit Marie habe ich nicht ernst genommen. Ich hätte vielleicht mehr tun können. Ich meine ... es tut mir leid, Heinrich. Dass ihr so viel leiden musstet. Du liebst sie wirklich, nicht wahr?"

„Ja."

Der Freund schlug seine Arme um ihn.

„Dann lebt wohl, Heinrich. Braucht ihr noch etwas?"

„Marie hat fast nichts anzuziehen. Aber du hast ja auch nichts..."

„Ich hab noch ein altes Wams. Es ist vielleicht besser als nichts. Und eine alte Decke kann ich ihr auch noch mitgeben."

„Vielen Dank, lieber Freund!"

„Ich würde euch so gern anders helfen, Heinrich. Jetzt, wo ich weiß, was ihr vorhabt und was der Grund ist, werd ich hier auch nicht mehr glücklich werden."

„Danke, dass du das sagst, Bartholomäus. Trotzdem – sei vorsichtig. Du brauchst nichts für uns tun."

„Du weißt, dass ich mein Maul auch nicht halten kann, wenn irgendwo Unrecht geschieht..."

„Wir halten's viel zu oft, Bartholomäus. Aber wir sind auch nur Knechte... Schon am Großknecht kommen wir nicht vorbei..."

„Im Himmel geht's dann andersherum."

„Jetzt predigst du auch schon!"

„Irgendwo fängt die Gerechtigkeit schon an, Heinrich."

„Ja, vielleicht – aber wieso nicht hier, wo sie hingehört?"

„Das musst du den Pfarrer fragen."

„Und wieso trifft es immer die Mädchen?"

„Das weiß ich nicht."

„Und wieso Marie?"

„Weil der Großknecht so ein Mädchen nie bekommen wird."

„Ja!", lachte Heinrich bitter. „Siehst du? So ist die Welt. Dann nimmt er es sich einfach!"

Der Freund schlug ihm auf die Schulter.

„Ich geb Marie die zwei Sachen, Heinrich. Und ich wünsch euch alles Gute. Ich bin kein Pfarrer – aber nimm dafür meinen Segen..."

„Der ist mir viel, viel lieber, Bartholomäus. Hab Dank für alles!"

„Ich wünschte, ich könnte mehr tun!"

„Und ich wünschte ... aber das nützt alles nichts. Leb wohl, Bartholomäus!"

„Leb wohl, Heinrich!"

Mit vielen Gefühlen sah Heinrich dem Freund nach. Unzählige gemeinsame Tage standen vor seinem inneren Auge – vorbei. Das alles war nun vorbei, würde nie mehr wiederkehren. Das große Gefühl der Vergänglichkeit alles Seins überkam ihn...

*

Schließlich kam Marie über den Hof gehuscht, mit einem Bündel, sich mehrmals umblickend.

Voller Vertrauen blickte sie zu Heinrich auf. Dann sagte sie: „Du hast so einen guten Freund, Heinrich..."

„Ja."

„Willst du ihn wirklich verlassen?"

„Ich habe mich eben von ihm verabschiedet..."

Das Mädchen erschauerte. Wieder sah sie zu ihm auf.

„Du musst es nicht für mich machen, Heinrich."

„Ich werde es aber tun, Marie. Komm..."

Er reichte ihr seine Hand, und sie ergriff sie, vertrauensvoll wie ein Kind...

Nach einer Weile fragte sie scheu:

„Heinrich?"

„Ja?"

„Bin ich dann ... jetzt ... dein Mädchen?"

Heinrich ging weiter, spürte nur ihre weiche, zarte Hand.

„Willst du's denn sein, Marie?", fragte er zärtlich.

Das Mädchen schwieg nun plötzlich.

„Was ist denn, Marie?"

„Ich denke nur...", begann das Mädchen furchtsam. „Den Großknecht musst ich küssen, weil er es wollte. Ich *hab* ihn gar nicht geküsst, aber er mich... Und ... küssen wollt ich dich vielleicht wohl, wenn du es möchtest... Aber ... aber doch hab ich Angst, Heinrich, denn –"

„Es ist alles gut, Marie", unterbrach Heinrich sie. „Du musst wirklich nichts. Das hab ich dir doch gesagt. Und daran ändert sich auch nichts. Und trotzdem – wenn du mein Mädchen sein willst, so, wie du's kannst, dann bin ich froh, Marie. Denn weißt du, ich lieb dich, wie du bist..."

Heinrich sah, wie Marie errötete – und fühlte, wie ihre sanfte Hand die seine dankbar und verlegen drückte...

*

Es glückte Heinrich dann ohne Probleme, Marie auf dem eigenen Hof im Heu zu verstecken.

„Ich komm dann morgen in aller Frühe und hol dich."

„Ja."

Als er gehen wollte, hielt das Mädchen ihn auf.

„Wart noch, Heinrich."

Als er sich verwundert noch einmal umdrehte, hauchte Marie ihm einen Kuss auf die Wange.

Er hätte sie so gern in den Arm genommen und ganz und gar zärtlich geküsst – aber als er ihre reinen, unschuldigen Augen sah, wusste sein Herz, dass er ihr reines Vertrauen auf diese Weise nicht enttäuschen durfte. Sie war wie umgeben von einem heiligen Licht...

In dieser Nacht fand Heinrich kaum Schlaf. Als er dann aber endlich doch schlief, träumte er von ihrem Wesen. Im Traum gab sie sich ihm hin – und es änderte nicht das Geringste an ihrer völligen Unschuld...

Mit dem Morgengrauen waren sie auf ihrem Weg. Nur die dunklen Tannen und die heimlichen Vögel waren ihre Begleiter.

Es war ein seltsames um diese beiden Herzen. Das eine verging in zarter Scham, das andere in sein Schicksal mitgerissen zu haben, verging auch in Verlegenheit über die Liebe dieses anderen, spürte auch das leise, befangene Glück der Geborgenheit ... und das andere spürte nichts als tiefste, zarteste Zuneigung und Sehnsucht nach der verletzlichen Gestalt...

Lange wagte keines von beiden ein Wort, zu sehr begleitete sie die Scham oder die Ehrfurcht – Ehrfurcht auch vor der Heiligkeit des reinen Zusammenseins. Und diese Ehrfurcht kann wohl niemals so vollkommen sein wie in der allererste Annäherung zweier Seelen, wie sie hier noch immer geschah. Die Menschen kennen die Stille nicht mehr – und sie kennen die Ehrfurcht nicht mehr, die der tiefe Sinn für das Heilige ist. Aber diese beiden Herzen spürten das Wunder noch – denn es schenkte sich ihnen.

*

Es mochte wohl eine Dreiviertelstunde vergangen sein. Da konnte das Mädchen schließlich nicht mehr anders, als von neuem zu sagen:
„Heinrich, warum bist du nur mit mir gekommen."
Es war aber wirklich das, was ihr schwer und aufrichtig auf der Seele lag.
„Ich tat nichts lieber, Marie."
Da ging dem jungen Mädchenherzen die Ahnung von der unermesslichen Gewalt der Liebe auf – und ließ es wieder schweigen, erschüttert, überwältigt...

Sie umgingen das Nachbardorf und rasteten schließlich auf einer Höhe. Von ihrem Rastplatz aus hatten sie einen Blick über ein gutes Stück des Waldes. Wipfel um Wipfel erhob sich vor ihnen wie ein leise wogendes Meer.

„So ist auch die Welt, Heinrich", sagte das Mädchen nur. „Und wir sind mitten darin..."

Heinrich wusste nicht, ob er seinen Arm um sie legen durfte. Er tat es schließlich doch – und fühlte fast erschrocken ihre Zartheit. Sie aber lehnte vertrauensvoll ihren Kopf an seine Schulter.

„Wie meinst du das?", fragte er leise, aber voller Glück.

„So fühle ich mich...", wisperte sie. „Aber jetzt hab ich ja dich... Jetzt bin ich ja nicht mehr allein..."

„Hast du dich allein gefühlt, Marie?", fragte Heinrich, mit heiligen Schauern des Glücks über die Nähe dieses so innig geliebten Geschöpfs.

„Eigentlich nicht...", erwiderte das Mädchen nachdenklich. „Oder ja und nein", fuhr es dann vertrauensvoller fort, und Heinrich spürte die Geborgenheit, die sie so wundersam empfand, spürte das Geheimnis, das in einem Mädchenherzen Geborgenheit in den Fluss zarter Rede verwandelte. „Ja, es war schwer, weil ich ganz allein war. Oft habe ich meine Eltern vermisst. Aber ich kann mich kaum an den Vater erinnern, an die Mutter gar nicht. Und die anderen Mägde haben manchmal auch niemanden. Und sie waren wie ich. Manchmal waren sie streng zu mir, meistens aber waren sie gut. Böse waren sie nie. Auch die Knechte nicht. Obwohl es schwer war, war ich gern auf dem Hof. Und du, Heinrich? Aber dann..."

Ein Schatten verdunkelte das Gesicht des Mädchens – und das Herz des Jungen zog sich in Mitleid zusammen.

„Dann wurde der Großknecht so hässlich..."

Heinrich strich ihr einmal zärtlich über den Rücken.

Dankbar und verletzlich blickte das Mädchen kurz zu ihm auf, schaute dann wieder verlegen auf die Wipfel der Tannen. „Und da zerbrach das alles...", sagte das Mädchen leise. „Auf einmal war da nur noch ... der Großknecht und ich ... und die Angst ... jeden Tag. Und niemand war da, dem ich – – Nun war ich ganz allein. Auf einmal... Ich wusste nicht, wie allein man sein kann, Heinrich..."

Heinrich schnitt das Leid des Mädchens tief ins Herz.

„Ich wäre immer für dich da gewesen, Marie", sagte er leise.

„Ich dachte, ich hätte dich auch enttäuscht, als du so Lebewohl sagtest..."

Für Heinrich war es unfassbar, wieviel Leid dieses Mädchen hatte ertragen müssen.

„Ach, Marie", seufzte er. „Und ich dachte, du ... du kannst einfach nicht – –"

„Was nicht?"

Hilflos hob Heinrich die Schultern.

„Ach, Marie – was auch immer... Ich wollte nur, dass du mein Mädchen bist. Seit dem Tag, als ich dich das erste Mal sah. Es dauerte eine Weile, bis ich das begriff. Aber ... aber als ich dich dann auf dem Fest sah, da am Rand..."

„Und ich dachte, du wolltest nur aus Mitleid einmal mit mir tanzen..."

„Nein, Marie. Mitleid hatte ich auch, ja – aber nur zusätzlich. Und ja – ich musste erst den Mut finden, genau wie du, nur war es für mich andersherum. Und dennoch – der Moment, als du da standest, ganz am Anfang, gerade angekommen..."

„Was war mit diesem Moment?"

„Deine Augen, Marie... Ich kann's nicht beschreiben. Alles an dir hat geleuchtet. Was war das nur...? Ich hab noch nie so etwas Schönes gesehen..."

Das Mädchen schwieg betroffen.

„Was war das, Marie? Wie konntest du so schauen? Der Glanz deiner Augen war schöner als alle Sterne zusammen."

„Das kann doch gar nicht sein, Heinrich! Nein – so was darfst du nicht sagen!"

„Es stimmt aber! *Ich* hab so etwas Schönes noch nie gesehen."

Wieder verstummte das Mädchen.

Fast scheu bat Heinrich nach einigen Momenten von neuem leise:

„Marie, kannst du mir nicht sagen, was das war?"

Befangen warf ihm das Mädchen einen kurzen Blick zu.

„Ich weiß es ja nicht genau, Heinrich... Da war nur das Fest... Und ich hatte es ja noch nie mitgemacht, immer nur als Kind, als Mädchen, als kleines, verstehst du... Und dann kam es dieses Jahr, und vorher war die ganze Ernte, und wir haben schwer gearbeitet, so schwer wie jedes Jahr und schwerer noch... Aber als das Fest kam ... und ich konnte ja tanzen, inzwischen, und ich war ungeheuer aufgeregt, wie noch nie in meinem Leben, und so kam ich an, Heinrich, und – – ach, ich weiß ja gar nicht, ob ich irgendwas erklär, was deine Frage war..."

Heinrich sagte fast lautlos:

„Doch, Marie... Genau das hab ich gesehen... Und ich bleib doch dabei: Es war schöner als der ganze Sternenhimmel bei Nacht..."

Wieder breitete das Schweigen seinen Mantel aus, bis das Mädchen flüsterte:

„Wieso sagst du nur immer diese Dinge..."

Heinrich dachte nach.

„Du kannst es vielleicht noch nicht richtig verstehen, Marie. Vielleicht musstest du deshalb vor mir weglaufen – und vielleicht musstest du mir deshalb sagen, ich wäre für dich zu alt..."

„Aber so meinte ich es nicht, Heinrich!", sagte das Mädchen schnell.

Nun schwieg Heinrich berührt.

„Ich wusste nur nicht...", fuhr Marie schüchtern fort, „wusste nur nicht ... ich *wusste* einfach nicht, Heinrich...", endete sie hilflos.

Heinrich nickte.

„Ja, ich weiß", sagte er sanft.

Leise drangen nun ihre schüchternen Worte zu ihm.

„Ich will gerne dein Mädchen sein, Heinrich. Weißt du's denn?"

Die Zartheit ihres Herzens erschütterte Heinrich. Ihm war es, als durfte er einen lebendigen Diamanten in seinen Händen halten – mehr als das.

„Ja, Marie...", flüsterte er.

*

Am Abend erreichten sie ein Dorf, in dem sie um ein Nachtlager bitten mussten. Ihre kargen Vorräte waren aufgebraucht. Sie betraten einen Hof und fragten einen Knecht, der ihnen begegnete, um ein Lager für die Nacht und etwas zu essen.

Der Knecht musterte sie misstrauisch:

„Wo seid ihr her?"

Heinrich nannte ihr Dorf.

„Und was wollt ihr hier?"

„Wir mussten fort", erwiderte er.

„Und warum?"

Die misstrauischen Augen des Knechts gingen zwischen Marie und Heinrich hin und her.

„Wegen einer unschuldigen Not."

Der Knecht blieb von der Antwort äußerlich ungerührt.

„Ich frag den Bauern", sagte er knapp, fast grob.

Ein paar Minuten später kam der Bauer auf den Hof – der Knecht erschien nicht mehr. Der Bauer war ein vierschrötiger Mann, der aussah, als könne er einen Tannenbaum mit der bloßen Hand entzwei hauen.

„Was wollt ihr?", fragte er nicht weniger grob als sein Knecht.

„Wir hätten gern ein Nachtlager und etwas zum Essen. Vielleicht haben Sie auch Arbeit..."

„Ihr seid weggelaufen?", fragte der Bauer hart.

„Wir mussten."

„Und warum?"

„Wegen dem Mädchen."

„Was ist mit dem Mädchen?"

Der Wortwechsel entspann sich hart und herzlos.

„Sie konnte nicht bleiben. Der Großknecht –"

„Der Großknecht!", unterbrach ihn der Bauer. „Und du – wer bist du?"

„Ich", stotterte Heinrich, „ich bin ihr Freund..."

„Ach!", entgegnete der Bauer verächtlich und blickte auf das Mädchen.

„Und jetzt soll sie *hier* den Knechten schöne Augen machen, ja?"

Heinrich fühlte sich am Ärmel gezogen.

„Komm, Heinrich", hörte er ihre zitternde, gedemütigte Stimme, „wir gehen..."

Ohnmächtig vor Zorn und Erniedrigung fühlte Heinrich auch seinen eigenen Leib zittern, als sie den Hof verließen. Er fühlte sich so ohnmächtig, so unwürdig für dieses unschuldige Mädchen und seinen auch nur dürftigsten Schutz.

Noch immer fühlte er, was die Worte des Bauern in ihrem Herzen angerichtet hatten. In heilloser Not und Verwirrung flatterte ihr Herz wie ein Vogel ohne Halt...

Keines von beiden war fähig, ein Wort zu sprechen.

Als sie dabei waren, den nächsten Hof zu erreichen, hielt Heinrich sie an der Schulter an. Fast erschrocken wirbelte sie herum und sah ihn an. Heinrich blickte in beschämte Augen und schämte sich doch nur zehnmal mehr...
„Vielleicht", begann er stotternd, „müssen wir eine Frau ansprechen, Marie. Wenn wir eine Bäuerin finden würden..."
Stumm nickte das Mädchen, wieder schnitt ihm ihr Anblick mitten ins Herz.

Sie sahen schließlich eine Magd über den Hof eilen – und Heinrich rief sie an. Sie blieb stehen, und als sie herangekommen waren, beschrieb Heinrich in wenigen Worten ihr Begehr und fragte nach der Bäuerin.
„Wo kommt ihr her?"
Wieder dieselben Fragen. Schließlich aber holte die Magd die Bäuerin.
Doch diese kam mit demselben abweisenden Blick zu ihnen wie der Bauer zuvor.
Heinrich versuchte von neuem, die Not des Mädchens zu beschreiben. Diesmal stand die Magd mit dabei.
Hart blickte die Bäuerin auf Marie. Dann sprach auch sie ihr Urteil:
„Wenn jeder gleich weglaufen tät, wenn ihn der Großknecht einmal küsst! Eine Magd soll arbeiten – und sich nicht anstellen!"
„Anstellen?", fuhr Heinrich auf, obwohl er sogleich wieder das Ziehen an seinem Ärmel spürte. Feurig blickte er der Bäuerin in die kalten Augen.
„Verschwinde!", befahl diese. „Ihr passt hier nicht her!"
Nur das inständige Ziehen des Mädchens an seinem Arm hinderte Heinrich daran, etwas zu erwidern. Ihm lag so viel auf der Zunge!

Auch auf dem dritten und auf dem vierten Hof waren sie unerwünscht. Immerhin steckte ihnen auf diesem vierten Hof ein Knecht einen Viertellaib Brot zu und wies sie auf eine kleine Schutzhütte auf halbem Weg in das nächste Dorf.

Hungrig und frierend machten sie sich auf den Weg.

*

Sie aßen das Brot im Gehen. Die Stimmung war ganz verändert. Die Niedergeschlagenheit hatte wie mit einer Faust in das Schicksal der beiden Menschen eingeschlagen.

Mitten auf ihrem Weg begann Marie, leise vor sich hinzuschluchzen. Heinrich legte seinen Arm um sie. Da hörte sie nach einiger Zeit tapfer wieder auf.
Wieder war das Schweigen ihr Begleiter. Diesmal jedoch war es keine heilige Stille, heilig war allenfalls das Unverständnis über so viel Herzensrohheit.
„Es tut mir leid, Heinrich!"
Das war ein einsames Wort, das schließlich aus dem Munde des gequälten Mädchens drang.
„Nein, Marie – mir tut es leid...", war die Antwort.
Dann herrschte wieder nur gedrücktes Schweigen, und nun drückte auch die Müdigkeit auf die Herzen, auf Seele und Leib.

*

Sie erreichten die Schutzhütte erst mit einfallender Dunkelheit. Es war ein kalter Raum mit einer Bank zum Sitzen, sonst nichts. Es war nur eine Rasthütte, nicht mehr.
Nach dem ersten Entsetzen kauerten sich die beiden Menschen in eine Ecke, und Heinrich hüllte sie gemeinsam in die Decke des Freundes.
Müde barg sich das Mädchen in seine Arme – und schließlich in seinen Schoß...

„Heinrich", sagte sie traurig. „Jetzt sind die Sterne draußen, so blass sie noch sind, längst viel schöner... An mir hast du nun nichts mehr..."

Heinrich streichelte ihr Haar.

„Ach, Marie...", erwiderte er leise.

Und nach einiger Zeit:

„Sagt man nicht auch Augenstern? Deine Augen werden mir *immer* lieber sein als alle Sterne. Auch wenn sie nicht leuchten, sind sie doch ... mein Licht..."

„Was du immer sagst...", wisperte das Mädchen schon in einem traurigen Halbschlaf. „Ich verstehe das nicht, Heinrich. Aber es ist so schön... Aber du leuchtest dann auch, Heinrich. Du auch..."

Heinrich spürte, wie das Mädchen einschlief. Er war auch froh, dass sie so dem Kummer des Tages entfliehen konnte. Ihn quälte der Ausgang des Tages weiter, wie auch sein Hunger ihn quälte. Dennoch war er glücklich, in diesem Moment. Alles, alles war ja bei ihm, in heiliger Vollkommenheit.

Heinrich erwachte mit dem Mädchen im Arm. Er hatte sie, als auch er vor Müdigkeit den Schlaf suchte, in seine Arme gebettet, und sie war nicht erwacht, hatte einfach weitergeschlafen, wie ein Engel.

Er küsste sie vorsichtig. Dann ließ er ihren Kopf auf ihr Bündel gleiten, das er sorgsam zurechtgerückt hatte, und erhob sich, damit sie nicht unvorbereitet in seinen Armen erschrecke.

Er betrachtete ihr durch Leid und Anstrengung des gestrigen Tages erschöpftes Gesicht und überdachte ihre Lage.

Sie würden im nächsten Dorf dieselben Versuche machen müssen. Sie hatten Hunger, und sie hatten wenig Hoffnung, dass es besser werden würde.

Marie erwachte. Das Mädchen brauchte einige Momente, um sich zurechtzufinden. Dann wurden ihre Augen noch bekümmerter.

Als sie nichts sagte, fragte Heinrich:

„Hast du gut geschlafen, Marie?"

Das Mädchen zog fröstelnd die Decke über seine Schultern.

„Wir waren zusammen, Heinrich. Das war schön. Auch im Traum, meine ich... Aber auch da wurden wir verfolgt und zurückgewiesen... Ich war traurig, aber doch auch nicht, weil du bei mir warst, Heinrich..."

Ihre Worte beschämten ihn unendlich, obwohl sie so wunderschön waren. Er senkte seinen Kopf. Dann setzte er sich neben sie.

Sie legte ihren Kopf an seine Schulter.

„Ich kann so wenig für dich tun, Marie..."

„Das macht nichts, Heinrich."

„Mir macht es schon etwas. Ich mache mir unendliche Sorgen, Marie."

„Gott wird uns schon helfen, Heinrich."

„Gott? Wieso Gott?"

„Natürlich – wer denn sonst?"

„Gott hilft doch nicht!"

„Aber gewiss doch! Heinrich, wie kannst du so etwas sagen?"

„Ich seh es doch."

„Aber du musst an ihn glauben."

„Wie kann ich an ihn glauben, wenn er nicht hilft?"

„Wie kann er helfen, wenn du nicht an ihn glaubst?"

„Er könnte immer helfen!"

„Aber er will, dass wir an ihn glauben."

„Um dann trotzdem nicht zu helfen?"

„Jetzt bist du hässlich, Heinrich!", sagte das Mädchen mit weit aufgerissenen Augen.

„Aber Marie...", erwiderte Heinrich erschrocken. „Ist Gott denn nicht hässlich zu uns?"

„Nein, nein!", rief das Mädchen und hielt sich die Ohren zu. „Ich will davon nichts mehr hören!"

Heinrich ließ die Schultern sinken. Dann reichte er ihr die Hand und sagte traurig:

„Komm, Marie – wir müssen weiter..."

Er half ihr auf.

Dann ordneten sie ihre Bündel und verließen die Hütte, um ihren Weg fortzusetzen.

*

Scheu suchte das Mädchen nach einigen Minuten wieder die Brücke zu seinem Herzen.

„Heinrich, warum sind die Menschen so grob zueinander?"

Heinrich merkte sehr wohl die zarte Seele des Mädchens und war sehr berührt, suchte doch auch er wieder die Brücke zu ihr.

„Ich weiß es nicht, Marie..."

„Bist du jetzt ärgerlich auf mich?“

„Nein“, erwiderte er bestürzt und blieb stehen. „Warum fragst du?“

„Fandest du mich vorhin nicht ein dummes, kleines Mädchen?“

„Nein, Marie. Gewiss nicht dumm und auch nicht klein.“

„Heinrich?“, sagte sie nun leise. „Ich glaube wohl, dass Gott es einem manchmal schwer macht, ihn zu finden. Aber ich glaube ... auch das tut er nur, weil er uns liebt...“

„Warum?“, fragte Heinrich völlig überrascht von ihren Worten.

„Ich kann es nicht erklären, Heinrich“, sagte das Mädchen in unschuldiger Hilflosigkeit. Aber ... aber sieh doch den Regen. Denkst du nicht, dass der Regen die Pflanzen liebt, und dass sie alle ihn brauchen, mehr wie alles andere? Und doch beugt sich jede Pflanze unter dem Gewitter und den schweren Tropfen. Ich kann's nicht anders sagen...“

Heinrich besann ihre Worte eine ganze Weile. Und das Schweigen, das nun folgte und in dem er ihre lieben Schritte hörte, erfüllte ihn zusammen mit ihren Worten mit einer eigentümlichen Berührung.

Nach einer ganzen Weile sagte Marie:
„Wenn die Menschen auch Regen werden würden. Aber oft sind sie ... wie Hagel oder Dürre. Regen sind nur ganz wenige...“

Heinrich wurde aus ihren Worten nicht recht schlau. Was sie ‚Regen' nannte, schien seine Bedeutung fortwährend zu wandeln. Und doch barg es eine geheimnisvolle Folgerichtigkeit.

Plötzlich rief Heinrich aus:
„Der Pfarrer, Marie! Wir müssen im nächsten Dorf zum Pfarrer gehen. Er ist doch ein Diener Gottes, oder? Er muss uns helfen!“

Maries Gesicht hellte sich auf.

„O, Heinrich! Warum haben wir daran nicht gleich gedacht?"
Glücklich sah sie ihn an.

Wieder musste er an die Sterne denken.

„Weil wir", erwiderte er dann bitter, „nicht mit der Dürre der Menschen gerechnet haben..."

Das Mädchen hatte daraufhin wieder nachdenklich geschwiegen.

Nach einer ganzen Weile sagte sie leise:

„Vielleicht gibt es Armut, damit die Menschen lernen, gnädig zu sein."

Heinrich sann kurz über die Worte nach und hätte dann am liebsten erwidert, dass Gott doch auch nicht gnädig sei, aber er schwieg lieber.

„Vielleicht schickt Gott manchen Menschen die Armut, damit die anderen lernen –"

„So zu sein wie er?", beendete Heinrich den Satz aufbegehrend.

Erneut sah das Mädchen ihn erschrocken an.

Heinrich selbst erschrak vor der Furcht in ihren Augen. Er kam unmittelbar wieder zur Besinnung, er schämte sich und konnte doch sein Aufbegehren nicht ganz lassen. Gequält fragte er:

„Marie – wo ist denn Gottes Gnade? Wo siehst du sie denn – wo?"

Sie war noch immer erschrocken, verschüchtert. Heinrich hatte kurz das Bild eines scheuen, wehrlosen Vogels, als sie zaghaft erwiderte:

„Wenn ... wenn wir uns nicht streiten, Heinrich: dass ... wir uns haben..."

Ihre unschuldige Antwort ließ es auch ihm wie Schuppen von den Augen fallen. Und erschüttert stand er vor der Wahrheit ihrer Worte.

Gottes Gnade lief ja die ganze Zeit neben ihm! *Sie* war Gottes Gnade – dass er sie lieben durfte und sie ihn wieder-liebte...

Beschämt senkte er sein Haupt.

„Verzeih mir, Marie... Ich weiß jetzt, was Gottes Gnade ist. Aber warum lässt er uns trotzdem leiden? Warum dich?"

„Heinrich...", erwiderte das Mädchen warm. „Man darf nicht alles fragen... Ich leide ja gern. Sorg dich nicht um mich, Heinrich. Ich war glücklich, als ich in der Hütte bei dir lag..."

„In meinen Armen?"

„In deinen Armen? Nein, in deinem Schoß. Lag ich auch in deinen Armen?"

„Ja, später – als wir beide schliefen."

Das Mädchen schwieg verlegen – dachte Heinrich. Aber dann sagte es leise:

„Wenn Menschen einander haben ... ist es dann nicht immer Gnade, Heinrich?"

Heinrich konnte nicht widersprechen. Stumm drückte er ihre Hand...

*

Sie erreichten hungrig das nächste Dorf und fanden schließlich den Pfarrer.

Aber auch hier blickten sie strenge Augen von oben herab an, als sie bittend am Fuße der Treppe standen.

Heinrich brachte ihre Bitte vor. Wieder hatten sie die üblichen Fragen zu beantworten. Und wieder lautete eine von ihnen:

„Und wer bist du?"

„Ich bin ihr Freund."

„Ihr Freund? Wenn du ihr Bruder wärst! Aber ihr seid ja beide noch Kinder!"

„Kinder sind auch befreundet", sagte Marie unschuldig.

„Ja!", gab der Pfarrer zurück. „Aber anders!"

„Wir haben nichts getan!", antwortete das Mädchen.

„Aber ihr habt's vor!"

„Warum?", fragte das Mädchen. „Wir haben nichts vor."

„Hier gibt euch niemand eine Unterkunft. Und von Arbeit wüsste ich auch nicht."

„Warum gibt uns niemand eine Unterkunft?", fragte das Mädchen.

„Weil das nicht geht!", rief der Pfarrer fast. „Schaut euch doch an!"

Das Mädchen sah Heinrich an – Heinrich sah wütend den Pfarrer an.

„Was ist mit uns?", beharrte das Mädchen unschuldig.

„Ihr seid Kinder!", bellte der Pfarrer. „Habt ihr keine Eltern?"

„Nein."

„Ich kann nichts für euch tun."

„Bekommen Kinder keine Unterkunft?"

„Nur einzeln!"

„Aber wir können ja einzeln schlafen. Natürlich tun wir das."

„Nein – ihr könnt hier nicht bleiben. Ihr bringt Schande über das Dorf."

„Wieso Schande? Und wenn wir verheiratet wären?"

„Verschwindet! Kinder heiraten nicht!"

„Wir haben Hunger. Geben Sie uns bitte nur etwas zu essen..."

*

Die beiden Kinder Gottes mussten mit einem halben Brotlaib ihren einsamen Weg fortsetzen. Nun kehrte wirklich die Stummheit zwischen ihnen ein. Jedes schämte sich vor dem anderen – und beide waren getroffen bis ins Innerste von der Härte sogar des Gottesmannes.

Als sie eine Stunde gewandert waren, begann es zu regnen – erst leise, dann stetig. Zuerst stellten sie sich unter die Bäume. Bald aber tropfte es auch dort, und es sah nicht so aus, als würde es noch einmal aufhören.

„Wir müssen zum nächsten Dorf, Heinrich...", sagte das Mädchen.

„Ja."

Heinrich hüllte sie, so gut es ging, in die Decke – und dann übergaben sie sich dem Regen. Er war schnell bis auf die Haut durchnässt. Bald ging es ihr auch nicht viel besser. Zitternd erreichten sie das nächste Dorf.

Hier wies ihnen ein Bauer mürrisch und nur mit Blick auf das Wetter einen Platz im Stall, und sie bekamen trockene Sachen und zwei Decken für die Nacht. Sie dankten schon dafür... Heinrich half noch den Rest des Tages beim Ausbessern des Schweinestalls, wofür sie ein kärgliches Mahl erhielten.

Die Kühe, die wenige Meter neben ihnen ruhten, strömten einen tiefen Frieden aus. Schweigend verzehrten sie ihr Brot mit ein wenig Käse. Dann breiteten sie ihr Lager aus. Heinrich legte sich mit etwas Abstand.

Nach einer kurzen Weile hörte er Maries Stimme:

„Heinrich?"

„Ja?"

„Hattest du mich gestern in der Nacht wirklich in deinen Armen gehalten?"

„Ja, Marie."

„Kannst du mich jetzt auch in deine Arme nehmen, Heinrich?"

Heinrich, dem bei der ersten Frage doch ein wenig das schlechte Gewissen schlug, glaubte, seinen Ohren nicht zu trauen. Voller Glück öffnete er seine Arme und erwiderte leise:

„Aber natürlich, Marie. Nichts täte ich lieber... Komm doch..."

Und Marie kroch zu ihm, wieder wie ein hilfloser Vogel.

Als Heinrich sie aber in seinen Armen hatte, fühlte er, wie sie vor Fieber glühte. Er wollte zur Bäuerin eilen, aber sie redete es ihm aus, es sei nichts, und morgen sei alles wieder gut. Und so barg er sie in seinen Armen, und sie fieberte die ganze Nacht.

Am Morgen aber konnte sie sich kaum vom Lager erheben.

*

Der Bauer nahm die neue Situation ungehalten zur Kenntnis. Eine Magd machte schließlich ihre Kammer frei, damit Marie in einem Bett liegen könne, und das Mädchen weinte vor Dankbarkeit.

Heinrich arbeitete auch an diesem Tag. Am Abend ging es Marie noch schlechter. Die Bäuerin kam und sprach von einer Lungenentzündung. Unwillig stellte man sich auf eine längere Krankheit ein – einzig die Magd blieb freundlich.

An diesem zweiten Abend saß Heinrich für eine Viertelstunde allein an Maries Bett. Glänzende Augen sahen ihn an. Und mit matter Stimme sagte das Mädchen:

„Es tut mir leid, Heinrich... Du hast nur Unglück mit mir...“

Es schnitt ihm so ins Herz, dass er sich den Tränen nah fühlte.

„Nein, Marie“, sagte er mit belegter Stimme und streichelte ihr das schweißnasse Haar aus der glühenden Stirn. „Denk doch an deine eigenen Worte. Sie sind wahr...“

Und das Mädchen lächelte matt und schloss erschöpft die Augen.

Heinrich fühlte nun wirklich eine Träne über seine Wangen rollen. Er hörte den schnellen Atem des geliebten Mädchens und streichelte sie sanft weiter, bis er begriff, dass sie eingeschlafen war – und schon dafür war er dankbar, hoffte er doch, dass der Schlaf der große Heiler war, wie er einmal gehört hatte. Und sie hatte doch ein richtiges Bett...

*

Die Krankheit war schlimm, aber Marie war sehr tapfer.
Heinrich arbeitete hart, doch fand er zu den anderen Knechten keinen rechten Anschluss. Sie mieden ihn als einen Fremdling.
Abends saß er dann schweigend am Bett des Mädchens und betrachtete sie, wenn sie schlief, schämte sich dann auch einer Träne nicht.

Einmal wachte das Mädchen dabei auf. Da lächelte es erschrocken und mild, schwach, wie es war, und sagte:
„Heinrich, bitte wein' doch nicht!"
Heinrich aber konnte nichts erwidern, so sehr rührte ihn ihr Anblick.
Da fuhr das Mädchen fort:
„Ich werd doch schon wieder gesund..."
Da ward es Heinrich ein wenig leichter, denn er glaubte ihr. Und schweigend saß er weiter bei ihr und streichelte ihre Hand, die ihm noch zarter vorkam als je, und ihm war so wunderlich weh ums Herz, als sie mit einem Lächeln einschlief...

*

An einem der nächsten Abende hatte Heinrich zum Ende des Tages noch einmal den Kuhstall zu versorgen, da fand er eines der Tiere nicht gesund.
Er lief direkt zum Bauern, um es ihm anzuzeigen. Dieser nahm es ärgerlich auf, nahm ihn mit zurück zum Stall und überzeugte sich selbst. Wortlos entließ er Heinrich dann.

Heinrich empfand die Undankbarkeit darin, doch nahm er sie hin, kannte er die Bauern inzwischen doch. Er vergaß sie auch schnell wieder und nahm in den nächsten Tagen auch aufrichtigen Anteil am weiteren Schicksal der Kuh. Doch während Marie zunehmend gesundete, ging es der Kuh Tag um Tag schlechter, und am Sonntag starb sie.

Heinrich erfuhr es von dem Bauern, als dieser sich vor ihm aufbaute, während Heinrich gerade einen alten Karren ausbesserte.

„Ihr müsst gehen“, waren die einzigen Worte des Bauern.

Heinrich verstand nicht.

„Die Kuh ist tot“, gab der Bauer in kaltem Hass zurück, „und ich dulde euch nicht länger.“

Heinrich wollte etwas einwenden, betroffen, da fuhr der Bauer ihn an:

„Mir ist noch nie eine Kuh gestorben! Nicht so! Das habt ihr zu verantworten – du und dein krankes Mädchen! Sie ist wieder gesund, und meine Kuh ist tot! Ihr geht – heute noch!“

Der Bauer ließ Heinrich stehen und würdigte ihn keines weiteren Blickes mehr.

Entsetzt lief Heinrich zu Marie. Er wagte es ihr kaum zu erzählen, aber ihre sanfte Art erfragte schnell das ganze Unglück. Als sie es vernommen hatte, sagte sie ergeben:

„Aber ich bin ja doch wieder gesund, Heinrich. Wir werden schon etwas anderes finden...“

Es war aber der zweite Adventtag.

Die Magd, die Marie ihre Kammer überlassen hatte, hatte Mitleid und tauschte ihre Jacke, die besser war, gegen die des Mädchens. Marie wollte das nicht zulassen, aber die Magd versicherte, sie könne von ihrer Mutter eine neue bekommen.

So verabschiedeten sie sich, einem einzigen Menschen zu Dank verpflichtet...

Die Magd hatte ihnen noch einmal den Weg über den Höhenzug beschrieben, der sie in das nächste Tal bringen würde. Heinrich wäre gern tüchtig ausgeschritten, um die Entfernung hinter sich zu bringen, aber fühlte seine Beine wie mit Ketten belegt: das Mädchen konnte noch keineswegs so schnell wie vor der Krankheit. Wann hatte es wieder zu Kräften kommen können? So kam es Heinrich vor, als müsse er neben einer alten Frau oder einem kleinen Kind einhergehen. Zugleich war in den letzten Tagen der erste Schnee gefallen. Es war kalt, und sie spürten die Kälte besonders, weil sie nicht schnell gehen konnten.

Marie schien durch ihre lange Krankheit ganz ergeben geworden zu sein, denn sie ging so schweigend wie ein Engel. Aber sie hatte über einen Gedanken nachgesonnen und sagte schließlich seufzend:
„Ach, wie es wohl wäre, Heinrich – noch eine Mutter zu haben...?"
Heinrich, der das Gefühl hatte, sie ginge durch ihr Nachsinnen langsamer, als es ihr möglich wäre, erwiderte mit leisem Drängen:
„Marie – wir müssen vorwärts..."
„Vorwärts, Heinrich, ja...", erwiderte sie leise. „Aber wohin?"
Dieses Wort machte Heinrich sehr betroffen – kannte er doch bisher nur ihre strahlende Zuversicht.
Sein Schweigen bedrückte nun wieder das Mädchen.
„Ach", seufzte es abermals, „verzeih, Heinrich! Ich war nur ein wenig betrübt. Andere Menschen haben eine Mutter, Heinrich. Zu ihr kann man ja immer... Nur wir – wir haben keine Mutter mehr, nicht wahr?"
Heinrich wusste nichts zu sagen. Wieder war es ihm um ihretwillen so weh ums Herz...

„Sag doch etwas Heinrich", bat das Mädchen. „Bist du böse auf mich?"

„Nein, Marie!", antwortete Heinrich schmerzlich – und konnte doch nicht sagen, wie weh ihm alles tat.

Nun ging das Mädchen schweigend neben ihm und dachte doch, dass es töricht gesprochen habe und Heinrich etwas ärgerlich sei.

Heinrich bemerkte dies, und er rang mit seinem Herzen, um für Marie doch Worte zu finden.

„Marie..."

„Ja?"

„Ich kann immer wieder nur klagen – weil ich dich so liebe."

„Worüber klagen, Heinrich?"

Es riss ihm am Herz.

„Dass du so arm bist!", brach es aus ihm heraus. „So arm!"

„Aber ich bin doch nicht arm! Heinrich... Ich bin nicht arm..."

Und das klang so lieb und sanft, dass Heinrich nichts mehr sagen konnte, obwohl das Weh in seinem Herzen wuchs wie ein Berg.

*

Der Weg war weit, und das Wetter war nicht gnädig. Es setzte neuer Schneefall ein, nicht stark, aber stetig.

Die Kräfte des Mädchens nahmen zusehends ab. Es hatte sich selbst überschätzt, aber sonst hätten sie doch auch den gleichen Weg vor sich gehabt. Heinrich verzweifelte zusehends, weil Marie es auch ablehnte, getragen zu werden. Und doch dachte er, es ginge irgendwie, denn sie ging tapfer weiter, obwohl er sah, wie sie kämpfte.

Dann aber bat sie, als man das Dorf schon in der Ferne sah, um eine kurze Pause – und sank im nächsten Moment ohnmächtig nieder, kaum dass Heinrich sie noch auffangen konnte.

In blinder Verzweiflung, von Tränen geschüttelt, nahm er auch ihr Bündel auf den Rücken, dann ihren zarten Leib in seine Arme, und setzte den Weg fort.
Als sie erwachte, sah sie noch sein tränenfeuchtes Gesicht. Sie wusste nicht, was geschehen war. Matt und verwundert fragte sie:
„Warum trägst du mich, Heinrich?"
„Du wurdest ohnmächtig, Marie."
„Wirklich? Aber lass mich doch jetzt wieder gehen..."
Sie wollte sich befreien, aber Heinrich ließ sie nicht. Ergeben blieb sie in seinen Armen.
„Und du hast geweint, Heinrich...", sagte sie nun und wischte sanft seine Wange trocken.
„Ich schwitze nur", erwiderte Heinrich, weil sein Herz es nicht mehr ertrug.
Beschämt schwieg das Mädchen, schlang seine Arme um Heinrichs Hals und schämte sich noch seines geringen Gewichtes...

*

Als sie das Dorf erreichten, fand Heinrich nach kurzem Fragen den Pfarrer.
Das Mädchen hielt sich nun neben ihm mühsam auf den Beinen.
Und wieder musste Heinrich sagen, was sie herführte, es brauchte ja auch nicht viele Worte, um zu sehen, dass sie Hilfe brauchten, und dann fiel der Satz:
„Ich bin ihr Bruder."
Heinrich spürte förmlich, wie das kranke Mädchen ob der Lüge erstarrte, aber es sagte nichts.

Und der Pfarrer überlegte und nannte dann einen Hof, der kürzlich einen Knecht gesucht hatte. Er erbot sich sogar, mitzukommen – was nicht viel war, aber die beiden Menschenkinder waren längst für jeden Hauch menschlicher Hilfe dankbar.

„Zweiter Advent...", sagte der Pfarrer, während sie das letzte Stück ihres langen heutigen Weges gingen. „Wer macht sich denn bei dem Wetter in solchem Zustand auf den Weg?"
Heinrich hatte aber noch nicht alles erzählt.
Nun sagte Marie mit matter Stimme:
„Dem Bauer war seine Kuh gestorben – und wir sollten schuld sein."
Der Pfarrer schwieg in sich hinein. Schließlich murmelte er:
„Solche Geschichten lasst aber nicht den Bauern hören."
Erneut legte sich ein lastendes Schweigen auf ihre Seelen.

Wenig später erreichten sie den Hof. Der Pfarrer sprach für sie.
„Hier sind zwei Notleidende. Das Mädchen ist krank, aber ihr Bruder scheint mir ein guter Arbeiter zu sein. Du suchtest doch noch einen Knecht, oder? Kannst du sie beide nehmen?"
Der Bauer blickte wenig erfreut erst Heinrich, dann das Mädchen an. Dann fragte er Heinrich unwirsch:
„Was hat sie?"
„Sie hatte Lungenentzündung und ist noch nicht ganz wieder gesund."
„Ich bin schon besser, Herr!", warf das Mädchen matt ein.
Der Bauer warf ihr einen kurzen abschätzigen Blick zu. Dann musterte er Heinrich einen langen Augenblick und fragte danach hart:
„Und du? Stimmt es, was der Pfarrer sagt? Kannst du anpacken?"
„Ja."

Kannst du ein Dach ausbessern?"

„Ja."

Noch einmal blickte der Bauer auf das Mädchen.
Dann sagte er zum Pfarrer trocken:
„Ist gut – ich nehm sie. Bis auf weiteres."

Der Pfarrer wollte gehen, aber das Mädchen hielt ihn sanft
am Arm zurück und schaute in tiefer Erleichterung zu ihm
auf.

„Habt tausend Dank..."

Der Pfarrer murmelte verlegen eine Antwort. Wenig später
standen sie allein mit dem Bauern.

*

Der Bauer schickte Heinrich zu den übrigen Knechten und
nahm Marie mit sich ins Haupthaus, wo auch die Unterkünfte
der Mägde waren.

Als Heinrich wenig später nach ihr schauen wollte, traf er
erneut auf den Bauern, der sich ihm in den Weg stellte und
ihn anfuhr:

„Du gehst hier nicht ein und aus, wie's dir passt! Hier setzt
niemand seinen Fuß hinein, dem ich's nicht erlaubt hab!"

Auf Heinrichs Einwand warf ihm der Bauer entgegen:

„Deine Schwester ist ja kein Kind mehr! Ich hab einer Magd
gesagt, sie soll sich um sie kümmern. Das reicht. Du kannst
sie sehen, wenn sie wieder gesund ist – oder ihr trefft euch
auf dem Hof. Aber gefaulenzt wird nicht. Und jetzt zeig ich
dir deine Arbeit!"

Es blieb Heinrich nichts anderes übrig, als mitzukommen.

An diesem Tag sah er Marie nicht mehr...

*

Erst am nächsten Tag gelang es Heinrich, sich zu der Magd durchzufragen, die der Bauer erwähnt hatte. Es war ein einfaches Ding, vielleicht Mitte zwanzig. Von ihr erfuhr er, dass Marie wieder aufgefiebert hatte und einen ernsten Rückfall habe.

„Braucht sie keinen Arzt?", fragte Heinrich besorgt.

„Ich glaube, sie braucht vor allem Ruhe."

„Glaubst du es, oder weißt du es?"

„Ich glaube es. Aber ich weiß, dass der Bauer keinen Arzt bezahlt."

Etwas wie eine eiserne Zwinge legte sich um Heinrichs Herz. Nun konnte er nicht einmal mehr bei ihr sein.

Aber die Magd sah seine Not. Und sie nannte ihm eine Stunde in der Morgenfrühe, wo er die Schwester kurz und ein einziges Mal unentdeckt sehen könne.

*

Als die Magd mit ihm am nächsten Morgen furchtsam und leise durchs Haupthaus eilte, verging Heinrich bereits vor Sorge. Fast aber traf ihn der Schlag, als er dann das Mädchen erblickte. Glühend war ihr Gesicht, und sie erkannte ihn kaum.

„Heinrich, bist du es wirklich? Wo bin ich? Wo sind wir? Bleibst du jetzt bei mir, Heinrich?"

Sie wollte sich erheben, Heinrich war es, als wolle sie ihn umarmen, aber sie fiel wieder zurück auf das Kissen – und Heinrich konnte kein Wort herausbringen. Schließlich war es ein einziges, ihr Name:

„Marie – –"

Betroffen stand die Magd dabei. Heinrich strich Marie über die Stirn, durch das Haar, immer wieder. Die Magd drängte, aber Heinrich verwies es ihr. Schließlich schlief Marie erschöpft ein, wieder dieses selige Lächeln auf den Lippen...

Heinrich wusste nicht mehr aus noch ein. Er überredete die Magd, mit ihm zu kommen. Dann bestürmte er den Bauern und versprach ihm den Lohn eines ganzen Winters, wenn er nur den Arzt rufe.

Der Bauer entgegnete mürrisch, sie sollten froh sein, wenn sie bei ihm Kost hätten, zu zweit für die Arbeit von einem, aber weil Heinrich so drängte und bat und die Magd dabeistand, gab er es schließlich zu.

Der Arzt kam, verordnete ein Medikament und sagte, er würde wiederkommen. Der Bauer stöhnte und ließ Heinrich seinen Unwillen spüren.

Der Arzt kam wieder, Heinrich arbeitete hart, wurde schlecht behandelt – aber Marie genas.

Es war der Heiligabend, als Heinrich seine Marie das erste Mal wiedersah. Mit noch sehr schwachen Beinen kam sie auf den Hof, um ihn zu suchen, und er stürzte auf sie zu wie auf den kostbarsten Schatz.
In inniger Umarmung standen sie mitten auf dem Hof.
„Heinrich!"
„Marie..."
Ihr Glück war nicht in Worte zu fassen.

Als Heinrich an diesem Abend mit den anderen zur Mitternachtsmesse ins Dorf ging, dankte er Gott zum ersten Mal in seinem Leben aus tiefstem Herzen...

*

Nach der Messe blieb Heinrich etwas hinter den Leuten des Hofes zurück, weil ein älteres Mütterchen ihn aufhielt.
„Wie heißt du, Jungchen?"
Heinrich nannte verwundert seinen Namen.
„Hab nie einen Jungen so aufrichtig singen sehen. Bist wohl sehr glücklich?"
„Ja", gestand Heinrich, „meine – meine Schwester ist wieder gesund..."
„Ich hörte davon. Von wo seid ihr?"
Heinrich nannte ihr Dorf.
„Das ist weit. Und wie kommt ihr hierher?"
„Kann ich euch das ein andermal erzählen, liebe Frau? Ich habe keine Lampe, und meine Leute sind schon dort hinten..."
„Aber sicher doch. Du kannst uns auch einmal besuchen. Unser Hof liegt am Ende des Dorfes – in der anderen Richtung..."
„Das werde ich tun, liebe Frau..."
„Martha. Und mein Sohn heißt auch Heinrich..."

Heinrich hatte den Mann schon die ganze Zeit neben dem Mütterchen stehen sehen. Er schätzte ihn auf etwa Mitte vierzig. Als sie sich verabschiedeten, sah er, dass er etwas humpelte.

Er schloss wieder zu den Seinen auf, und obwohl die alte Frau freundlich gesprochen hatte, war ihm die kurze Begegnung wenig später schon nicht mehr ganz geheuer.

*

Am nächsten Morgen fragte die Magd, die sich um Marie gekümmert hatte – Anna war ihr Name –, bei einer kurzen Begegnung auf dem Hof beiläufig:

„Was wollte die alte Martha gestern von dir?"

„Nichts", gab Heinrich zurück. „Sie wollte wissen, woher wir kamen."

„Halte dich lieber von ihr fern...", entgegnete Anna.

„Warum?"

„Sie ist komisch – genau wie ihr Sohn. Hast du ihn gesehen, den ‚humpelnden Heinrich'? Spricht nicht, macht auch sonst nichts, heiratet nicht, lebt nur immer mit seiner Mutter!"

Die Magd senkte ihre Stimme zu einem Flüstern.

„Man erzählt, dass sie früher was zusammen hatten."

Ihre Stimme wurde wieder normal.

„Ich weiß nicht, was dran ist. Inzwischen ist sie ja auch viel zu alt. Aber sie gehörten noch nie wirklich zum Dorf. Hast du mal ihre halbverfallene Hütte gesehen? Ich wage mich da nicht hin. Wir nennen ihren Hof den Hungerhof. Der Boden ist schlecht, und sie bauen fast nichts an. Ich weiß nicht, wovon sie leben. Aber manchmal ist es besser, nicht so viel zu wissen..."

Das fand Heinrich auch nach dieser Rede – denn er hatte das Gefühl, auf einmal viel zu viel zu wissen.

Verwirrt nahm er sein Tagwerk auf...

*

Die Tage zwischen Weihnacht und Jahresende vergingen dann ohne eine weitere Besonderheit. Nur eines beschäftigte Heinrich nachhaltig. Denn am Weihnachtsabend hatte Marie ihn gefragt:

„Heinrich, warum hast du dem Pfarrer gesagt, du seist mein Bruder?"

„Damit sie uns überhaupt aufnehmen, Marie."

„Und jetzt?"

Heinrich schwieg.

„Bin ich jetzt deine Schwester?"

„Nein, Marie..."

„Aber was sollen wir tun?"

„Wir müssen den Winter so leben."

„Und dann?"

„Dann werden wir weiter suchen. Der Bauer wird mich nicht weiter wollen."

„Warum nicht?"

„Er hasst mich, weil ich ihn überredet habe, den Arzt zu holen."

„Den Arzt?"

Langsam verstand das Mädchen den ganzen Zusammenhang.

„Ohne den Arzt, Marie", sagte Heinrich nun bewegt, „wärst du vielleicht – –"

Das Mädchen erschauerte. Dann legte es still und innig seine Arme um Heinrich.

Heinrich vermied weitere Begegnungen mit der alten Martha. Marie begann vorsichtig, auf dem Hof mitzuarbeiten. Die jüngeren Mägde mochten sie, und auch Heinrich fand ganz langsam Anschluss bei den anderen Knechten, wenn auch nicht bei allen. Insgesamt schien sich alles zum Guten zu wenden.

Dann begegnete Heinrich eines Morgens Marie mit einem blasseren Gesicht als sonst. Seit zwei Tagen hatte Tauwetter eingesetzt, der Morgen sah einen strahlend blauen Himmel, und Heinrich war in bester Laune aufgestanden.

„Marie", fragte er warm, „hast du schlecht geträumt?"
Marie sah ihn wie geistesabwesend an.
Dann sagte sie:
„Ja, Heinrich... Ja... Ich habe schlecht geträumt."
Nun war Heinrich doch sehr besorgt um sie.
„Was denn aber, Marie? Was hast du geträumt?"
Das Mädchen sah ihn an und schwieg. Heinrich wiederholte seine Frage.
„Dass wir...", sagte das Mädchen, „wieder fliehen. Und wieder. Und nie ankommen..."
Heinrich wollte sie in den Arm nehmen und trösten, aber sie befreite sich und lief davon. Erschrocken rief Heinrich ihr nach...

Zum Mittag war Marie wieder zugänglicher und beruhigte Heinrich, er möge sich keine Sorgen machen. Ein böser Traum sei eben ein böser Traum, mehr nicht.

Heinrichs Herz behielt eine Frage, aber er beruhigte sich.

*

83

Ein Knecht war Heinrich auch hier der liebste. Er war etwa in Bartholomäus' Alter und hatte auch etwas von dessen sonnigem Wesen. Sein Name war Christoph.

Diesen fragte er eines Tages ebenfalls nach der alten Martha. „Die Martha vom Hungerhof?", erwiderte Christoph. „Warum fragst du?"
„Nur so – man hört ja so Geschichten..."
„Von wem?", lachte Christoph.
„Anna hat mir Einiges erzählt."
„Anna! Na, da bist du an die Richtige geraten."
„Warum?"
„Weil sie alles für bare Münze nimmt. Sie hat ein gutes Herz, aber, na ja, dafür fehlt es ihr manchmal ein wenig hier."
Christoph tippte an seinen Kopf.
„Und was denkst du?"
„Worüber?"
„Über die Martha."
„Sie ist wohl eine gute Frau. Ich halte mich aus den Geschichten raus, die man über sie erzählt. Besonders schlau ist sie wahrscheinlich auch nicht, sonst hätte sie es wohl weiter gebracht – zumindest einen neuen Mann gefunden, als ihrer starb. Und ihr Sohn ist ... nun ja, noch um Einiges dümmer als Anna. Du hast ihn ja gesehen. Einige nennen ihn den ‚humpelnden Heinrich', andere einfach den ‚dummen Heinrich'. Trotzdem ist er ein guter Mensch. Sind beide gute Menschen. Leben halt nur auf dem Hungerhof. Und haben nur sich, sonst niemanden. Wollen offenbar auch nicht mehr..."

Damit schloss der Knecht seine längere Rede. Wieder wusste Heinrich nicht, was er davon halten sollte – nicht einmal, ob sich sein Bild dadurch irgendwie gewandelt hatte.

*

In den folgenden Tagen zog sich Marie in leiser Weise zurück. Sie behauptete, es wäre nichts, aber Heinrich kannte sie nicht wieder. Er fragte sie nach dem Traum, aber sie erwähnte ihn nicht mehr. Sie antwortete auf alle Fragen, schien aber nie ganz anwesend zu sein – nicht so wie früher.

Heinrich fragte Anna, aber sie wusste auch nichts. Er sprach mit Christoph, und dieser sagte, dass Menschen nach langer Krankheit manchmal merkwürdig seien. Heinrich erzählte von dem Traum, und Christoph erwiderte, dass Marie vielleicht schwermütig geworden sei.
„Schwermütig?", fragte Heinrich besorgt.
„Das geht vorbei", sagte Christoph lachend. „Spätestens, wenn der Frühling kommt. Du wirst sehen."
Heinrich fragte Anna wegen der Schwermut.
Anna seufzte.
„Ich hatte mal einen Onkel, der schwermütig war."
„Und wie ging es wieder vorbei?"
„Gar nicht."
„Gar nicht?"
„Nein, er ist ins Wasser gegangen."
Heinrichs Seele war bestürzt.

Als er an diesem Abend mit Marie ein wenig am Waldrand entlang ging, fragte er sie:
„Marie, was ist nur mit dir?"
„Nichts, Heinrich", sagte sie weich. „Was soll denn sein."
„Du bist so anders seit einiger Zeit."
„Es ist nichts."
„Bist du traurig, Marie?"
„Traurig? Weswegen?"
„Ich weiß nicht", gestand Heinrich hilflos.
„Ja, vielleicht bin ich traurig, Heinrich."
„Aber weswegen?", flehte Heinrich leidenschaftlich.
„Heinrich", bat das Mädchen, „bitte mach dir keine Sorgen."

Traurig schwieg er.

Schließlich fasste er sich ein Herz.

„Marie?"

„Ja?"

„Bist du schwermütig?"

„Schwermütig? Was ist das?"

„Ich weiß nicht. Du ... willst doch mit mir leben, oder?"

„Ja, Heinrich, leben...", sagte Marie gedankenverloren, „ich will mit dir leben..."

„Aber was hast du dann, Marie?"

Als Heinrich so weiter in sie drang, schlug sie sanft nach ihm, rief: ‚Ich hab nichts, Heinrich!' und lief weinend fort...

*

Heinrich konnte die verbleibenden Stunden des Abends und des nächsten Tages, bis er sie wieder sprechen konnte, fast nicht ertragen. Am Morgen wies sie ihn ab, und er musste es hinnehmen. Erst am Abend kam sie wieder mit ihm, schweigend...

„Was kann ich denn tun, Marie...", fragte Heinrich schließlich bekümmert.

„Wofür denn, Heinrich?", fragte das Mädchen wieder warm.

„Für dich, Marie. Du bist ganz verändert."

„Ganz verändert?"

„Ja."

„Nein, Heinrich. Tut mir leid..."

„Marie, ich liebe dich."

„Ja, das weiß ich doch..."

„Wenn etwas ist, würdest du es mir sagen, nicht wahr?"

„Ja..."

„Und kann ich etwas tun, um dir eine Freude zu machen?"

„Halt mich kurz, Heinrich..."

Betroffen nahm er das Mädchen in den Arm. Nun wusste er, dass etwas war – aber nicht was.

Das Mädchen barg sich eine Weile verloren in seinem Arm, dann löste es sich wieder.

„Was kann ich noch tun, Marie?"

„Du kannst nichts weiter tun, Heinrich..."

„Bist du schwermütig, Marie?"

„Ja, vielleicht bin ich schwermütig. Es wird vorbeigehen, Heinrich..."

Manchmal flüchtet sich die Seele in eine Erklärung, weil sie sonst nichts hat – und die andere Seele stimmt ihr zu, weil sie nichts anderes tun kann.

Als sie wieder auf dem Rückweg waren, sagte Marie leise:

„Bruder und Schwester..."

Heinrich schwieg mit schwerer Seele.

„Damit sie uns aufnehmen?"

Heinrich nickte.

„Und wenn wir nicht gelogen hätten?"

„Dann hätte man uns nicht aufgenommen und du wärst gestorben, Marie."

Das Mädchen nickte langsam, schweigend.

Heinrich erschauerte.

Es war kaum Februar, da wurden sie vom Hof geschickt. Der Bauer hatte keinen Bedarf mehr für Heinrich und wollte ihn und Marie nicht mehr durchfüttern, wie er sagte. Auf Heinrichs Frage, wo sie hingehen sollten, blieb er gleichgültig.

Mehrere Knechte und Mägde, darunter natürlich auch Christoph und Anna, nahmen an ihrem Schicksal Anteil, aber tun konnten sie nichts.

Marie nahm erstaunlich teilnahmslos Abschied, es schien, als ob sie nun alles einfach hinnahm.

*

Bestürzt stand Heinrich mit ihr an der Weggabel, die vom Hof aus in beide Richtungen führte.

„Ich würde mich gerne noch von der alten Martha vom Hungerhof verabschieden, Marie. Wollen wir diesen Umweg machen?"

„Ja, Heinrich."

Sie hatten erstaunlicherweise nie über die alte Frau gesprochen. Aber auch Marie war ihr einmal zufällig bei einem Botengang begegnet und von ihrem freundlichen Wesen berührt gewesen.

Unsicher nahm Heinrich Maries Hand, und sie ließ es geschehen.

Heinrich wurde immer ratloser.

Nach etwa einer halben Stunde erreichten sie den Hungerhof. Bald fanden sie die alte Bäuerin bei der Arbeit. Mühsam richtete sie sich auf.

„Heinrich? Marie? Was führt euch denn hierher?"

„Wir möchten uns verabschieden", gestand Heinrich.

„Verabschieden? Aber warum denn?"

Heinrich schilderte in wenigen Worten, dass der Bauer sie entlassen hätte.

„Und wo geht ihr nun hin?"

„Das wissen wir nicht. Wir gehen wieder ins nächste Dorf..."

„Nein", sagte die alte Bäuerin. „Jetzt kommt ihr erst einmal herein und trinkt einen heißen Tee mit mir. So kann man sich doch nicht verabschieden."

Sie warf Heinrich einen mahnenden Blick zu.

„Du hast mir auch nie weiter eure Geschichte erzählt. Und", sie blickte auf Marie, „deine liebe Schwester habe ich auch nur ein einziges Mal gesehen."

Das Mädchen senkte den Kopf.

Die Bäuerin ging voraus und winkte ihnen noch einmal.

„Kommt doch!"

*

Als sie in der kleinen, niedrigen Bauernstube saßen, wurde Heinrich ganz anders. Noch nie hatte er beim Bauern gesessen – noch nie war er willkommen gewesen. Auch Marie betrat die Stube fast ehrfürchtig – und es schien Heinrich, als kehrte ein Teil ihres alten Wesens für einen Moment zurück.

Als sie schließlich mit dem heißen Tee beieinander saßen, sagte die alte Bäuerin noch einmal:

„So, Heinrich – willst du mir jetzt eure Geschichte erzählen?"

Heinrich blickte auf das Mädchen, aber dieses senkte nur seinen Kopf.

„Marie?", fragte er etwas hilflos.

Sie nickte stumm.

Und Heinrich erzählte. Erst stockend und unsicher – dann immer weiter. Nach einem kurzen Versuch, alles in wenigen Worten zu umreißen, begann er ganz von vorn, und es erstand der ganze Zauber des letzten Herbstes – bis Marie aufschluchzte.

Heinrich erstarrte bestürzt mitten im Satz, und die Alte fragte:
„Aber Kind – was ist?“
Marie aber hob nur sanft abwehrend den Arm und schluchzte weiter, mit der anderen Hand ihr Gesicht bergend.
Da konnte Heinrich nicht mehr an sich halten – er sprang auf und war mit einem Satz bei ihr, sie zu trösten, und auch sie schlang nun in heißem erneutem Schluchzen ihre Arme um ihn.

Die alte Bäuerin ließ den Gefühlen des Mädchens alle Zeit der Welt.
Dann, als ihr Herz sich wieder beruhigte, sagte sie langsam und warm:
„Dann seid ihr gar nicht Bruder und Schwester.“
Keines von beiden aber hatte gemerkt, dass nun ganz natürlich die Wahrheit ans Licht treten durfte.
„Nein“, gestand Heinrich, und das Mädchen schüttelte den Kopf.
„Ich hab noch nie“, erwiderte die Bäuerin, „zwei so schöne Menschenkinder gesehen. Und wie geht eure Geschichte weiter. Es blieb nicht so glücklich...“
„Nein...“, antwortete Heinrich. Dann erzählte er stockend den weiteren Fortgang.
Das Mädchen saß dabei die ganze Zeit mit gesenktem Kopf.

„Mein Gott...“, sagte die Alte, als Heinrich schließlich geendet hatte. „So seid ihr also in dieses Dorf gekommen, und nun wollte man euch auch hier nicht mehr...“
Maries Wandel hatte Heinrich aber verschwiegen – wie hätte er auch in ihrer Gegenwart darüber sprechen können? In ihm lebte nur die stumme Hoffnung, dass ihr früheres Wesen wieder zurückkehren würde.
Als die beiden Menschenkinder nun schweigend wie zwei Verurteilte dasaßen, sagte die alte Bäuerin:

„Ihr bleibt heute erst einmal hier! Und dann sehen wir weiter."

Das Mädchen hob ungläubig den Kopf, und zum zweiten Mal an diesem Tag sah Heinrich ihren wahren Blick. Aber auch er staunte ja ganz genauso. Er wollte etwas in Worte fassen, aber es gelang ihm nicht.

„Ich habe", sagte die Alte, indem sie aufstand, „noch eine kleine Kammer, die ihr haben könnt. Kommt mit mir, ich zeige sie euch."

Es war eine kleine Kammer direkt neben den anderen – mehr war in dem Häuschen auch nicht möglich. Es wäre die Kammer für einen zweiten Sohn gewesen. Unwillkürlich nahm Heinrich Maries Hand und fühlte ihre schwache Antwort – und war selbst darüber schon glücklich.

Sie kehrten zurück zu ihrem Tee.

Die Alte sagte:

„Ich könnte euch auch von meinem Leben erzählen. Aber das würde wohl mehr als nur einen Abend dauern. Ich will auch gar nicht fragen, was ihr schon alles über mich gehört habt. Ich will nur so viel sagen: Die wenigsten Geschichten, die Menschen übereinander erzählen, sind wahr."

Das Mädchen blickte auf.

„Was erzählt man denn von Ihnen?"

Die Frage war so unschuldig, dass Heinrich sich bereits schämte, auch nur von diesen Geschichten zu wissen.

Die Frau lächelte.

„Das wirst du schon früh genug erfahren – oder eben auch nicht. Beschwere dein Herz nicht auch noch mit solchen Dingen..."

„Es wäre schön, wenn manche Geschichten nicht wahr wären", sagte das Mädchen leise.

„Ja", erwiderte die Bäuerin. „Aber nach jedem Winter gibt es einen Frühling."

„Einen Frühling?"

„Ja, einen Frühling, Mädchen. Du hast deinen ganzen Frühling noch vor dir..."
Da huschte der Hauch eines Lächelns um Maries Mund, und Heinrichs Herz tat einen Sprung.

Sie teilten das kärgliche Mahl mit der Bäuerin und ihrem Sohn und lernten diesen nun auch kennen.
Der ‚humpelnde Heinrich' war langsam im Kopf, aber ein herzensguter Mensch. Und er begriff alles, was man ihm geduldig erklärte. Er war nicht dumm, sondern nur langsam.
Marie schloss ihn von der ersten Minute an in ihr Herz. Heinrich verstand dieses Geheimnis nicht, aber er war glücklich, dass seine Marie langsam und allmählich wieder zurückzukehren schien. Auch sein Herz war zu gut, um auf den anderen Heinrich eifersüchtig zu sein. Ihn schien sie wirklich wie einen Bruder zu lieben – schon an diesem einzigen Abend.

*

Als sie schließlich in ihrer Kammer lagen, begegnete Heinrich der erste Schmerz, als er Marie in die Arme nehmen wollte und ihre stumme Abwehr spürte.
Erschrocken erstarrte er selbst fast – als er ihre stumme Entschuldigung spürte. Hilflos fragte er sanft:
„Aber du warst doch schon in meinen Armen, Marie..."
„Ich – muss mich erst wieder daran gewöhnen, Heinrich."
„Willst du es lieber nicht?"
„Doch, aber verlang nicht zu viel von mir, Heinrich..."
Ratlos schloss er sie nur so zart wie möglich in seine Arme – und sie ließ es zu und war doch zugleich in sich selbst verschlossen. Er spürte ihren lieblichen, zarten Leib, und doch waren Leib und Seele ein Rätsel.
„Verzeih mir, Heinrich", flüsterte das Mädchen schließlich.
„Aber was denn?", flüsterte Heinrich zurück.

„Dass ich noch schwermütig bin."

Heinrich schwieg, er fühlte so innig mit und doch glitt seine Seele an dem Rätsel immer wieder ab.

„Glaubst du auch", wisperte das Mädchen, „dass immer wieder ein Frühling kommt?"

Heinrich glaubte, in diesen Worten wieder Hoffnung und Vertrautheit zu hören.

„Ja", sagte er in vorsichtigem Glück und streichelte ihr Haar.

Und scheu und verletzlich barg Marie ihren Kopf an seiner Brust.

Am nächsten Morgen standen beide unsicher vor der alten Bäuerin.

Diese aber fragte:

„Und – was habt ihr beschlossen?"

Unsicher sahen sie einander an.

„Nun", fuhr die alte Bäuerin fort, „ich sage es freiheraus. Bei mir gibt's nur Armut. Aber ich sehe, dass ihr nicht mal das habt. Ihr habt nur euch. Das ist viel mehr als alles andere – aber davon allein kann man nicht leben. Aber wenigstens lebt ihr! Es gibt Menschen, die leben ja nicht. Was ich sagen will, ist: Ich hätte niemanden so gern bei mir behalten wie euch. Ich weiß nicht, wie das gehen soll – aber ich weiß auch nicht, wie ich euch gehen lassen soll. Also entscheidet: Wenn ihr erst einmal bleiben wollt, wird Gott uns schon irgendwie helfen!"

Ein zweites Mal sahen Heinrich und Marie sich an. Jedes suchte die Antwort in den Augen des anderen. Und jedes spürte beschämt, dass es das unmögliche Angebot mit ganzem Herzen ergreifen wollte.

„Wir werden", sagte Heinrich mit zitternden Lippen, „so fleißig sein, wie wir nur können."

Und Marie schluchzte nur hilflos auf.

Ein weiteres Mal wurde sie von der Güte eines Menschenherzens schlicht überwältigt.

*

Die alte Bäuerin nahm die beiden Menschenkinder auf, und Heinrich arbeitete von früh bis spät. Er besserte das Gebäude aus, er half dem alten Heinrich auf dem Acker – und er merkte, dass auch dieser keineswegs langsam war, weil er trotz seiner Langsamkeit für zwei arbeitete. Dennoch bot der karge

Boden aller menschlichen Arbeit nur Widerstand und wenig Lohn.

Auch Marie tat, was sie konnte, aber oft ging es ihr nicht gut. Sie versuchte, darüber hinwegzuarbeiten, aber Heinrich ermahnte sie, auf sich achtzugeben.
Schließlich fürchtete er, dass ihre Krankheit Folgen hinterlassen hätte.

Er sprach darüber eines Abends mit der alten Martha.
„Das kann sein", sagte diese. „Pass auf sie auf. Sie darf nicht zu viel machen. Ich dachte erst, sie ist schwanger. Aber sie versicherte mir, dass das nicht sein könne."
Heinrich meinte, einen forschenden Blick der Alten zu spüren, und er bestätigte aufrichtig die Aussage des Mädchens.
Die Alte nickte langsam.
„So etwas geht schneller, als man denkt. Und dann zerreißen sich die Leute den Mund. Das weißt du ja. Und sie ist noch ein Kind! Das weißt du auch. Aber ich vertraue euch. Ihr könnt gar nicht lügen. Aber denk auch daran, dass mein Ruf jetzt mit eurem verknüpft ist. Die Leute reden eh schon zu viel. Man soll nicht noch Stroh aufs Feuer legen."
Nach dieser Moralpredigt blieb Heinrich wie ein begossener Hund zurück.
Die Alte starrte ihn einen Moment verwundert an – dann musste sie trocken auflachen.
„Heinrich! Nimm es dir nicht so zu Herzen! Ich rede manchmal zu viel. Denk dran, dass ich vierzig Jahre nur meinen Heinrich zum Reden hatte – und wir haben die meiste Zeit davon nur gearbeitet und geschwiegen..."
Da musste auch Heinrich auflachen und sagte:
„Ich wollte, ich hätte eine solche Mutter gehabt!"
Da lächelte die alte Bäuerin still in sich hinein.

*

Schnell sprach es sich im Dorf herum, dass die seltsame ‚Hungerbäuerin' die beiden jungen Menschen aufgenommen hatte. Dass sie nicht Geschwister, sondern ein Paar waren, das hatte Martha dem Pfarrer als erstes berichtet – und auch den Grund der verzweifelten Lüge erläutert. Sie hatte Heinrich und Marie mitgenommen – und der Pfarrer musste die Rede der alten Bäuerin wohl oder übel hinnehmen, hatte sie doch Satz für Satz die traurige Wahrheit ausgesprochen. Heinrich bat den Pfarrer zuletzt um Verzeihung, und Marie stand die ganze Zeit mit gesenktem Kopf dabei.

Damit war die Lüge als solche zwar aus der Welt geschafft, nicht aber, dass sie einmal getan worden war. Schnell sprach es sich also auch herum, dass die beiden jungen Menschen zunächst als Geschwister gelten wollten, in Wirklichkeit aber ein Paar waren. Diese Tatsache, ihre Fremdheit als solche und ihr Alter, insbesondere das des blutjungen Mädchens, gab zu den wüstesten Gerüchten und Spöttereien Anlass.
Zu den ärgsten Spöttern gehörten nicht wenige Knechte und Mägde des Seiler-Hofes, der sie zuerst aufgenommen hatte, weil sie sich selbst auch belogen fühlten. Nur Anna und Christoph verstanden die Lüge – und die Wenigen, bei denen ihre Fürsprache auf guten Boden fiel.
So waren Heinrich und Marie wieder Ausgestoßene, und doch hatten sie eine Heimat, einen Hof, wo sie nicht nur Magd und Knecht waren.

Heinrich litt schnell am meisten, denn er litt vielfach – nicht nur unter dem Spott, den er ertragen musste, sondern mehr noch unter dem Spott, den Marie ertragen musste, und unter der Tatsache, dass er ihr so wenig helfen konnte.
Jeder Versuch, den Spott zu bekämpfen, löste an anderer Stelle neuen Spott aus.
Einmal sagte Martha:

„Spott ist wie ein neunköpfiger Drache. Man kann ihn nicht besiegen – außer man lässt ihn verhungern."

Heinrich litt aber auch daran, dass es Marie weiter nicht gut ging. Der Frühling kam, und Maries Gesundheit blieb verletzlich. Die gute Bäuerin konnte ihr nicht viel mehr anbieten als Getreidesuppe, Kartoffeln und Kohl. Am nahrhaftesten war noch das Brot – aber selbst daran mussten sie sparen.
Manchmal fragte sich Heinrich, ob es die richtige Entscheidung war zu bleiben. Fielen sie der Bäuerin nicht viel zu sehr zur Last, und war nicht auch ihre Last viel zu groß?

So gingen sie durch die Passionszeit, und Marie litt alle Widrigkeiten und alles Unwohlsein wie ein williges Opferlamm. Manchmal schien sie für Momente die alte Marie zu sein, doch immer wieder verfiel sie in jene rätselhafte Schwermut.

Dann erreichte die Passionszeit ihren Höhepunkt.

Der Karfreitag begann als ein sonniger Morgen Ende März. Die alte Martha, die eine tiefe, lebensernste, in keinerlei Weise weichliche Frömmigkeit hatte, war in schlichter, ernster Karfreitagsstimmung – und diese strahlte aus über ihren ganzen Hof. Vor dem Gottesdienst gab es kein Frühstück, niemals, denn der Leib des Herrn wollte jungfräulich aufgenommen werden. Die größte Sünde aber wäre es gewesen, am Tag seiner Kreuzigung etwas zu essen, bevor man in tiefster Demut seinen Leib aufgenommen hätte.

Niemand im Dorf kannte das Innenleben der ‚Hungerbäuerin'. Jeder kannte sie nur als harte, lebensgeprüfte alte Frau, die zwar fromm zur Kirche ging, aber auch nicht mehr. Hätte man die wahre Frommheit der Herzen geprüft, hätte das ganze Dorf nicht das Herz der alten Martha aufgewogen.

Doch selbst Martha erschrak bei Maries Anblick an diesem Morgen – und sagte:

„Kind – was ist mit dir? Du musst etwas essen!"

Das Mädchen aber wehrte ab.

„Es ist schon gut, Martha. Es geht schon wieder... Aber ich glaube, ich muss hierbleiben..."

„Du kannst nicht mit? Soll ich bei dir bleiben?"

„Nein – nein, bitte geht nur. Macht euch um mich keine Sorgen. Ich bete hier ein wenig. Und dann ruhe ich mich aus. Es geht schon wieder..."

Auch Heinrich legte seine Hand zärtlich auf ihren Arm und flüsterte, als sie kurz für sich waren:

„Marie – was ist mit dir?"

„Es ist nichts, Heinrich. Ich liebe dich... Ich lieb' dich, Heinrich..."

So sehr diese Worte Heinrich berührten, so wenig waren sie dazu angetan, ihn zu beruhigen. Auch er wollte nun bei ihr bleiben.

Aber das Mädchen drängte ihn geradezu, zum Gottesdienst zu gehen.

„Es ist Karfreitag, Heinrich. Du musst! Ich würde auch gehen, wenn ich könnte. Aber ich kann nicht! Ich liebe dich, Heinrich... Bitte geh..."

So ging Heinrich mit der alten Martha und ihrem Sohn zum Gottesdienst ins Dorf. Marie aber blieb allein zurück und winkte ihnen von der Tür aus nach.

*

Die alte Martha bat im Gottesdienst innig für Marie, Heinrich dachte die ganze Zeit an sie – und eilte nach dem Gottesdienst den anderen voraus, weil er seine bange Sorge um sie nicht loswurde.

Als er ins Haus kam, rief er sie, aber sie war nicht in ihrer Kammer. Er fand sie auch nicht in der Küche. Er lief wieder hinaus und lief um das Haus herum – da sah er sie in einer einzigen Blutlache. Als er ihren Namen schrie, hörte er ihr leises Aufschluchzen. Dann sah er das große Messer in ihrer Hand, im nächsten Moment hatte er es ihr weggenommen und fortgeworfen – und immer wieder rief er ihren Namen, umarmte sie, schluchzte ebenfalls, rief um Hilfe, sah wieder, dass sie bei Bewusstsein war, rannte zum Weg, rief um Hilfe, rannte wieder zu ihr...

Erst jetzt erkannte er, dass ihr Unterleib blutüberströmt war. Irrsinnig drang er in sie und versuchte, von ihr zu erfahren, was geschehen sei, aber sie wimmerte nur vor sich hin wie eine halb Wahnsinnige, die Hände voller Blut. Außer sich lief Heinrich erneut zum Weg, sah die Rückkehrer von weitem und rief nach einem Arzt. Die beiden begannen zu laufen, und Heinrich flehte nur immer wieder, sie mögen einen Arzt holen.

Martha aber überzeugte sich von dem Unglück, und erst jetzt hieß sie ihren Sohn einen Arzt holen – auf dem alten Arbeitspferd, was schneller war als ein Mensch zu Fuß.

Martha und Heinrich trugen das Mädchen in die Kammer. Dann gab die Bäuerin Heinrich Anweisungen – er möge Wasser kochen, Tücher holen. Sie selbst stillte, so gut sie konnte, die Wunde. Dann bereitete sie einen Aufguss, stillte weiter das Blut, betete und wartete auf den Arzt...
Heinrich stand während der ganzen Zeit ohnmächtig im Weg oder kniete bei Marie, streichelte ihr Gesicht, stieß ihren Namen hervor und konnte das Geschehen nicht fassen. Marie aber wimmerte nur weiter wie eine Wahnsinnige, jedoch immer schwächer – und ab und zu nannte sie auch Heinrichs Namen, was ihn jedes Mal zu reiner Verzweiflung trieb.

Der Arzt kam erst am späten Nachmittag. Er hatte in einem anderen Dorf bei einer Geburt geholfen – nun stand er vor den Folgen einer versuchten Abtreibung.
Er gab blutstillende Mittel und weitere Mittel gegen den Schock. Mit größter Sorgfalt wurde der ganze Unterleib desinfiziert – was Marie größte Schmerzen bereitete, und doch schrie sie nicht. Dann sagte er, sie habe sehr viel Blut verloren und man könnte nur hoffen, dass die Blutungen jetzt dauerhaft zum Stillstand gekommen seien. Nun müssten sie beten...

Und sie beteten. Martha kam regelmäßig, um nach den Binden zu sehen und sie zu wechseln. Und Heinrich betete wie noch nie in seinem Leben.

Marie aber verfiel in ein Delirium. Sie wimmerte wieder leise, sie bat Heinrich immer wieder um Verzeihung und war dabei kaum bei Bewusstsein.

Heinrich versuchte, sie zu beruhigen, zu trösten – mal schien es zu wirken, dann wieder war es ganz erfolglos.

„Verzeih mir, Heinrich – Liebster, verzeih mir!"

„Ich verzeih dir ja, Marie. Es ist alles gut – bitte bleib nur am Leben, ja? Bitte..."

„Heinrich, verzeih mir! Lieber, lieber Heinrich – verzeih mir!"

Und wieder ein langes Wimmern.

„Es war der Bauer, Heinrich. Der Bauer..."

So erfuhr Heinrich die schreckliche Wahrheit.

„Es sollte niemand erfahren, Heinrich. Auch du nicht. Die Schande..."

Heinrich schwanden fast die Sinne – in Fassungslosigkeit vor dem, was geschehen war, vor dem, was Marie die ganze Zeit allein getragen hatte, vor dem, was sie sich nun angetan hatte. Er konnte nicht einmal weinen. Er konnte nur fassungslos ihren Namen sagen, liebend, flehend – und er betete.

„Verzeih mir, Heinrich... Verzeih mir... Ich lieb dich ja..."

*

Am Karsamstag holte Marthas Sohn in aller Frühe noch einmal den Arzt. Maries Leben schwebte zwischen Himmel und Erde. Sie hatte viel zu viel Blut verloren. Martha hatte ihr in der Nacht immer wieder stärkenden Tee eingeflößt, aber der Arzt stellte nun eine Art Herzflattern fest. Er gab ein sehr starkes Präparat – und Heinrich flehte weiter zum Himmel.

Es schien eine halbe Ewigkeit zu dauern – aber schließlich gingen der Atem und auch das Herz des Mädchens ruhiger. Der Blutverlust blieb lebensbedrohlich. Der Arzt konnte aber nicht bleiben. So blieb nur das Beten.

Und das Beten half.

In der Nacht zum Ostersonntag war die Gefahr überstanden. Martha sah es – und Heinrich glaubte.

Am Morgen des Ostertages schlug das Mädchen wieder seine Augen auf. Als es Heinrich erblickte, sagte es: „Verzeih mir, Heinrich!"
Und Heinrich weinte, und sein ganzes Herz dankte Gott, und er umschlag das Gesicht des Mädchens und netzte es mit seinen Tränen...

*

Marie erholte sich nur sehr mühsam. Heilend war neben ihrem jungen Körper vor allem die Liebe, die sie umgab. Ohne die Liebe wäre das sanfte Mädchen vergangen wie ein Halm von Gras im Herbst. So aber genas es – zart wie ein Halm, aber mit Leben. Es war Frühling...

Fortwährend hatten sie nicht genug zu essen – aber keines klagte, denn sie hatten die Liebe. Das Mädchen aber lebte wie in fortwährender Verwunderung, es wusste nicht, wie ihm geschah und ob es wachte oder träumte.

Eines Abends, als das Mädchen mit der alten Bäuerin allein war – die beiden anderen waren von einer Besorgung im Dorf noch nicht wieder zurück –, fragte es:
„Martha, wieso seid ihr so lieb zu mir?"
Es betonte dabei das Wort ‚lieb' mit der tiefen Verwunderung, die in der ganzen Frage lebte.
Martha, die gerade einen alten Strumpf ausbesserte, schaute mit ihrer ganzen Wärme, die so viele nicht sahen, auf, ließ das Strickzeug sinken, und sah das Mädchen still an. Dann sagte sie leise:
„Kind, niemand ist bei dem dabei, was ein anderer erlebt hat. Jeder scheint allein und einsam das Seine durchzumachen. Aber – ich weiß ja, was ihr durchgemacht habt. Und dann du, ganz allein, ohne ihn, ohne Heinrich, weil du dich nicht ihm

anzuvertrauen wagtest. Aber, Kind, die Welt hat ein einziges Geheimnis, und wer das kennt, der wandelt nicht mehr in der Finsternis..."

„Welches Geheimnis ist das?", fragte das Mädchen scheu.

Die alte Bäuerin blickte das Mädchen voll verborgener Liebe an. Dann antwortete sie:

„Einer trage des Anderen Last."

Das Wort verströmte wie Licht in der kleinen Stube.

„Du kennst doch das Gebot unseres Herrn, nicht wahr, Marie? Liebet einander. Liebe deinen Nächsten wie dich selbst. O, wie schwer wird dies den Menschen! Wie gern führen sie diese Worte im Mund, im Kopf – aber nicht im Herzen! Denn im Mund sind sie Honig, im Kopf sind sie eitle Täuschung, dass man so ein recht wunderbarer Christenmensch wäre, gern möchte man die Worte, die man kennt, als eigenes Leben vorstellen. Aber Leben müssen sie erst werden! Und das eigene Leben, ja, das ist oft furchtbar hässlich, ist oft das ganze Gegenteil dieser Worte.

Ich sage dir eins, Marie. Die meisten Menschen haben nicht einmal die rechte Ehrfurcht, diese Worte zu *hören*! Sie denken, man könnte sie hören, wie man einer Sense im Sommer zuhört. Ohne das rechte Hören fällt aber so ein Wort nur auf dürren Boden – und das ist der Kopf des Menschen. Ins Herz müsste es fallen! Aber ohne Ehrfurcht im Herzen ist die Tür zu! Niemand lässt den Herrn hinein! Und er ist grad so einsam, wie du dich gefühlt hast, du armes Kind!"

„Der Herr ist einsam, Martha?", fragte das Mädchen in scheuer Bestürzung.

„Ja, denn ‚was ihr dem Geringsten meiner Brüder – und Schwestern – getan habt, das habt ihr mir getan.' Wenn aber einer nicht des Anderen Last trägt, Marie, dann ist unser Nächster noch immer einsam – und Er auch. O ja, Marie – einsam ist Er, sehr einsam. Es gibt nur ein Geheimnis auf der

Welt, Marie, und das ist die Liebe. Sie ist das Licht der Welt und das Leben. Wer die Liebe nicht hat, der lebt nicht mehr. Du aber, Marie, hast die Liebe mehr verdient als jeder andere."

„Aber ich habe Schande über euch gebracht – und über Heinrich."
„Über solche Schande urteilen nur die Menschen. Du hast über niemanden Schande gebracht. Man hat Schande über dich gebracht – über ein völlig unschuldiges Mädchen. Eine größere Schande kann es gar nicht geben! Der dir das angetan hat – es wäre ihm besser, er wäre nie geboren oder ihm würde ein Mühlstein um den Hals gehängt, denn wie will er vor Gott *seine* Schande je wieder von seiner Seele waschen? Deine Seele aber ist noch immer weiß wie das reine Gewand, von dem die Johannes-Offenbarung spricht."
„Meine Seele?", fragte das Mädchen aufrichtig.
„Ja, Marie. Wie kann je etwas von außen die Seele unrein machen oder beschmutzen. ‚Seid inwendig rein, und ihr seid ganz rein. Was nützt es, das Äußere zu putzen, aber euer Herz ist ein Schlangenpfuhl?' Nein, Martha, was einem Menschen äußerlich zustößt, kann nie Schande über ihn bringen. So reden nur Menschen. Aber sie wissen nicht, wie Gott redet und urteilt und schaut."

„Und du weißt es, Martha?"
„Mädchen, jedes Herz kann es wissen, das nur aufrichtig die Heilige Schrift liest, denn da steht es ja alles drin! Aber die Menschen lesen es, und leben trotzdem weiter wie bisher, reden von Schuld und Schande und sind stolz auf ihre Urteile – und merken gar nicht, dass sie fortwährend nur *Menschen*worte im Mund und im Kopf führen! Es ist nichts als Blendwerk, das von Gottes Wahrheit abführt. Ja, Kind, es ist wirklich das ganze Gegenteil. Die Menschen stoßen ein Kind Gottes in den Schmutz – vor Gott aber hat es ein leuchtendes

Gewand, und es sind die *Menschen*, die im Schmutz waten, hässlich und blind, böse und hochmütig. Es ist zum Verzweifeln. Ja, und deshalb ist Er einsam, Marie. Aber Er *ist* ja nicht einsam, denn er hat ja dich..."

„Und dich!", beeilte das Mädchen sich zu sagen.

„Ja...", sagte die alte Bäuerin leise abwehrend.

„Und Heinrich", fügte das Mädchen eifrig hinzu.

„Ja", bestätigte Martha, „da hast du ein wahres Wort gesagt. Heinrich – wahrhaftig."

„Und deinen Heinrich!"

Die Augen des Mädchens leuchteten.

„Ja", sagte Martha nachsinnend. „Meinen Heinrich..."

Plötzlich und unvermittelt schluchzte das Mädchen auf.

„Kind, was ist?", fragte die alte Bäuerin betroffen.

„Ich weiß nicht –", stotterte das Mädchen hilflos. „Ich bin – ich bin nur – auf einmal – so glücklich, Martha – –"

Die alte Bäuerin sah still und gütig auf das schluchzende Menschenkind und sagte leise:

„Selig sind die, die eines reinen Herzens sind. Marie... Denn ihrer ist das Himmelreich. Wir alle sind in unserer Armut so gesegnet, Marie – so sehr..."

Der Spott aber führt immer ein Eigenleben. Er nährt sich vom Leben Anderer und wuchert, wo er will.

So hatte die Tatsache, dass der Arzt zum Hof der Hungerbäuerin geeilt war, schnell verschiedensten Gerüchten Nahrung gegeben. Schnell war auch klar, dass es um das Mädchen ging – und die Gerüchte brauchten nicht lange, um sich zu einer halben Wahrheit zu formen, nämlich dass Marie, noch halb ein Kind, eine Fehlgeburt erlitten habe.

Das Gerücht wurde zum Spott, und der Spott verfolgte die vier Menschen vom Hungerhof.

Das Gerücht beansprucht seine eigene Wahrheit. Wird es abgestritten, scheint es wahr, wird es nicht abgestritten, scheint es ebenso wahr. Gegen das Gift des Gerüchts ist kein Kraut gewachsen. Auf Erden urteilen die Menschen – und sie sind blind für die Farbe des Gewandes der Seele. Sie lieben den Spott mehr als die Unschuld...

Obwohl Marie das Dorf noch überhaupt nicht wieder gesehen hatte, erfuhr sie natürlich von den Gerüchten und dem Spott. Das Mädchen und der Heinrich! Nicht verheiratet. Sie noch ein Kind. Hat selbst ein Kind bekommen – und verloren oder abgetrieben. Schande. In wüstem Treiben hatten die beiden jungen Menschen Schande über sich und den Hungerhof gebracht. er mit ihr und sie mit ihm. Die einzige Frage war, wer wen verführt hatte. Wahrscheinlich waren beide gleich tief in die Schande verstrickt...

Heinrich brauchte die ganze Unschuld Maries und zusätzlich die Weisheit der alten Bäuerin, um von dem Spott nicht verrückt zu werden, der ihm entgegenschlug – oder von der Häme oder Kälte in den Augen derer, die nichts offen sagten. Mehr als einmal wollte er den Leuten im Dorf die Wahrheit entgegenschreien, und er rechtete mit der alten Bäuerin, dass sie es ihm so stark abriet.

Sie sagte dann:
„Das gibt einen Krieg, und du weißt nicht, ob du der Stärkere bist – und ob Marie das ertragen kann, erst recht nicht."
„Aber wenn die Leute die Wahrheit wüssten!", erwiderte Heinrich, obwohl er sich an sein eigenes Wort erinnerte, das er einst zu Bartholomäus gesprochen hatte.
„Die Wahrheit wird schon an den Tag kommen, Heinrich. Man darf sie nur nicht ans Licht zerren wollen."
„Aber Marie! Du siehst doch, wie sie leidet! Sie kann doch nicht noch mehr leiden. Ich verstehe dich nicht."
„Heinrich, der Seiler-Bauer ist mächtig. Was tust du, wenn er alles abstreitet? Wenn er dich und Marie und uns dann einfach vernichten will? Wenn er den Spieß einfach umdreht? Wenn er sagt, was die Gerüchte sagen – und dich auffordert, ihm Genugtuung zu leisten für deine tödliche Beleidigung? Welches Wort zählt wohl mehr? Deins oder das des Seiler-Bauern?"

Heinrich senkte den Kopf und presste hervor:
„Ich hätte ihn umbringen sollen – gleich..."
„Das bewahre!", rief die alte Martha entsetzt und streng zugleich. „Heinrich!", fuhr sie ihn an. „Dann wärst du nicht besser als er! Dann wärst du grad so schlecht wie er! Zerfressen vom Bösen – lass um Gottes willen den Leibhaftigen vor unserer Tür!"
Heinrich fiel in sich zusammen und senkte den Kopf.
„Verzeih, Martha – aber oft denke ich wirklich so..."

Da hob die alte Bäuerin zu einer langen Rede an und sagte:
„Wenn nur der Kopf denkt, ohne dass die Hand schon will, ist's noch nicht zu spät. Aber, Heinrich – du hast auch eine Verantwortung für deine Seele. So wie für Marie. Es hilft ihr

gar nichts, wenn du dich versündigst, auch nicht in Gedanken. Hilfst du ihr damit, dass du ihn am liebsten umbringen würdest? Du willst vor ihr nicht schwach sein, Heinrich – aber das bist du nicht. Aber du bist auch nicht der Richter. Das ist allein Gott. Du willst ihr helfen. Aber tu es nicht in Gedanken der Rache. Denn bedenke: Will Marie, dass der Seiler-Bauer stirbt? Dass er gemordet wird? Wie könnte sie das je wollen? *Sie* könnte das nie wollen. Und gerade deshalb ist sie frei von aller Schuld und Schande. Wenn sie es aber nicht will, wie kannst du dann etwas wollen, was sie nicht will? Es wäre gegen sie und nur zu deiner eigenen Befriedigung. Aber alles, alles würde auf dich zurückfallen, und du würdest sie verlieren, deine Marie...

Dieses Mädchen könnte nie mit einem Mörder zusammenleben. Sie liebt *dich*, Heinrich. Und du liebe sie. Gräme nicht dich, sondern hilf ihr. Indem du gegen allen Spott unschuldig bleibst, hilfst du ihr in ihrer Unschuld am allermeisten. Sonst entfernst du dich von ihr. Du verschaffst dir und vermeintlich auch ihr Genugtuung, aber deine Seele wird dunkel, und so würdet ihr auseinandertreiben. Ihr würdet es tun, Heinrich – sieh es doch! Sieh nicht nur das Sichtbare, sieh auch das Unsichtbare. Dieses ist unendlich viel wichtiger. Du kannst ihr nur wahrhaft helfen, indem du alles geduldig trägst. Sie weiß, dass du genauso leidest. Du brauchst es ihr nicht auf falschem Wege beweisen. Bleibe mit ihr vereint, in wahrer Treue, und trenne dich nicht von ihr, auch nicht mit dunklen Gedanken. Die Liebe, Heinrich, die Liebe ist die einzige Kraft, die zählt – und auch die einzige, die hier hilft..."

Nach dieser langen Rede war Heinrichs Kopf demütig gebeugt. Nun schaute er auf, sah der alten Bäuerin in die gütigen, weisen Augen und sagte leise:

„Danke, Martha. Ich wüsste nicht, was ich ohne dich tun sollte."

Die Alte lächelte still.

„Jetzt weißt du's ein bisschen besser."

*

Wenige Tage nach diesem Gespräch wurde das Mädchen wieder von einer Verzweiflung heimgesucht. Es trug ja noch immer das Zeichen der Schande unter dem Herzen, und wäre es nur die Schande des Seiler-Bauern.

„Martha", sagte das Mädchen, „was soll ich? Ich kann das Kind doch nicht bekommen. Mich ekelt's, ich hasse es – ich hasse mich! Wie soll ich nur weiterleben? Gestern stellte ich mir vor, ich ginge zum Waldrand und würde mich dort heimlich aufhängen."

„Kind!", rief die alte Bäuerin da und eilte zu dem Mädchen hin, das sich betroffen liebkosen ließ.

Dann sagte sie:

„Da komme ich mit meiner armen Weisheit zu Ende. Da beginnt wirklich ganz Gottes Weisheit. Das Einzige, was ich sagen kann, ist: Es ist ja nicht das Kind des Seiler-Bauern. Er wollte es ja gar nicht. Aber ein Kind ist es doch. Wenn du es nun auch nicht willst... Dann hätt es ja von Anfang an weder Vater noch Mutter – wie kann so ein Wurm das tragen? Es kommt *doch* vom Himmel, weil es ein Kind ist. Aber nun von allen gehasst zur Welt zu drängen – da wär es ja noch einsamer als der Herr... Aber wenn du vorstellst, dass, wenn auch niemand anders, doch zumindest der Herr bei ihm wär, weil es doch sonst ganz verlassen wär? Aber wie sollte so ein armes Ding gar niemanden haben, nur den Herrn und nicht mal die eigene Mutter...?"

Da schluchzte das Mädchen hilflos und rief schließlich:

„Aber, Martha – wie! Ich bin doch gar keine Mutter! Ich bin doch selbst noch ein Kind!"

Da kam die alte Bäuerin abermals zu ihr, strich ihr sanft über das Haar und den Rücken und sagte:

„Ja, aber du bist auch schon ein tapferes Mädchen. Du arbeitest für zwei, wenn du kannst. Und du bist weiter mit deiner Seele als manche Mutter, die schon drei Kinder hat. Und Maria, die heilige Maria, Marie, deren Namen du trägst, wurde auch ganz jung Mutter, so heißt es. Auch sie war fast noch ein Mädchen, grad so wie du. Und, Marie, du musst doch auch nicht allein Mutter sein. Heinrich wird sein Vater sein. Und ich werd da sein und auch mein Heinrich. Du bist gar nicht allein, Mädchen. Und du hast so viel Liebe in dir, Marie. Lass auch das Kind nicht allein. Es kommt ja von Gott. Der Böse lebte in der Tat, Marie. Aber ein *Kind* – ein Kind kommt immer von Gott. Da hat der Teufel kein Mitspracherecht."

Abermals schluchzte das Mädchen auf.

„Dann will ich's bekommen, Martha. Ich will's bekommen – und es soll mir willkommen sein. Und alles andre will ich vergessen!"

Hell schluchzte das Mädchen, und heiße Tränen liefen über sein Gesicht. Und die alte Martha wischte sich selbst einige Tränen von den Wangen, weil auch sie einer so reinen Seele noch nie begegnet war.

Es war Mitte Juni, als Marie das Kind gebar – es war viel zu früh, und das Kind war tot.

Nur die alte Bäuerin hatte ihr beigestanden. Heinrich und der Sohn der Bäuerin hatten in der Stube gewartet. Nun kam sie heraus, die alte Martha, und übergab das traurige, tote Menschenkind dem Heinrich, mit einem langen, weltweisen Blick, und ging wieder zurück in die Kammer, allein.

Und drinnen kniete sie bei Marie am Bett nieder und trocknete mit bloßer Hand die Stirn des Mädchens und verharrte schweigend.

Da begann das Mädchen leise zu weinen – und das leise Weinen wurde ein hingebungsvolles Weinen und dann ein Schluchzen, dass es einem das Herz zerreißen konnte, schließlich ein Wehklagen und Rufen, wie eine zweite Geburt, dass Heinrich fast nicht an sich halten konnte und vom anderen Heinrich sanft festgehalten wurde – und schließlich, nach langer, langer Zeit, erstarb das Rufen und Heulen des Mädchens in einem Jammern, einem Wimmern, das dann immer leiser wurde, noch leiser, bis es ganz leise schließlich völlig erstarb, wie das Kind.

Und dann hatte das Mädchen alle Tränen geweint – alle, die geweint werden mussten und die nur von einer reinen Seele geweint werden konnten.

Und das Mädchen war ohne Last – es war frei...

Und die vier Menschen begruben das Baby, das noch im Tode aussah wie ein zu früh geborener Engel, am Fuße einer mächtigen Tanne, da, wo der Hof an den Wald grenzte. Heinrich machte ein einfaches Holzkreuz. Und alle vier standen lange, lange vor dem Kreuz, bis Marie noch einmal niederkniete und mit einer heiligen Bewegung das Kreuz einmal sanft berührte, als wolle sie es segnen – jenes Wesen, dem es galt.

Als das Mädchen sich wieder erhob, folgten die anderen ihm, und ein tiefer Friede hüllte sie ein. Dies war der Erdenabschied von dem Wesen, das in den Augen der übrigen Menschen nur als ‚Schande' gegolten hatte.

In der warmen Juni-Nacht, die die längste des ganzen Jahres war, gingen Heinrich und Marie Hand in Hand auf einer Höhe entlang, die man sehr bald erreichte, wenn man vom Hungerhof her in den Wald eintauchte.

Heinrich spürte die warme, weiche Hand des Mädchens, und er wusste, dass dies wieder seine Marie war – jenes Mädchen, das er von Anbeginn geliebt hatte.
Leise sagte er:
„Marie?"
„Ja, Heinrich?"
„Ich kann mir nichts anderes vorstellen, als mein Leben lang mit dir zu leben. Ich würde nie, niemals ohne dich leben wollen."
„Ich auch nicht, Heinrich."
Und Heinrich nahm sie im Dunkeln zärtlich in die Arme und küsste sie so sanft wie eine Feder – und das Mädchen erwiderte seine Zärtlichkeit.
„Ich werde dich heiraten, Marie."
„Aber das darfst du jetzt noch nicht."
„Ich frage den Pfarrer. Noch bevor dieses Jahr zu Ende geht. Dann bin ich achtzehn und du wirst fünfzehn."
„Und dann darf ich auch heiraten, weil du es willst, und weil es bei Maria auch so war..."

In heiligem Schweigen gingen die beiden Menschenkinder weiter.

„Heinrich?", fragte das Mädchen schließlich scheu.
„Ja, Marie?"
„Hast du mir auch ganz im Innersten alles verziehen?"
„Aber Marie", antwortete Heinrich bestürzt. „Du weißt doch, was Martha immer gesagt hat. Und ich habe nie anders gedacht!"

„Ich meine nicht das Kind", erwiderte das Mädchen. „Ich meine die Zeit, wo ich selbst so verzweifelt war und dich ... so allein ließ."

„O, Marie!", stieß Heinrich hervor, „liegt dir dies noch auf der Seele? Du trägst ja alles doppelt! Dein eigenes Leid – und noch meines dazu!"

„Ich will es aber hören, Heinrich", bat sie leise.

„Marie", sagte nun auch Heinrich leise, voller Liebe. „Ich habe so gelitten, als es dir so ging. Ja, ich habe auch selbst gelitten – unendlich mit *dir* und auch selbst, weil du nicht mehr ganz bei mir warst. Aber ich muss es, ich *kann* es dir gar nicht verzeihen, denn ich war dir nie böse, Marie. Ich habe nur gelitten. Aber nie so viel wie du! Nie so viel wie du... Ich habe mich immer nur gefragt, wie *du* mir verzeihen könntest, weil ich nicht da war, als es notwendig gewesen wäre..."

Das Mädchen senkte seinen Kopf.

„Gottes Wege, Heinrich... Ich weiß nicht... Seit jenem Tag, wo ich das Kind zur Welt brachte und alle, alle Tränen geweint habe, ist es mir, als sei die ... die schlimme Tat damals gar nicht mir passiert. Es ist wie gar nicht mehr ein Teil von mir. Das Kind *war* ein Teil von mir. Und ich habe es am Ende geliebt wie mein eigenes Leben. Aber nun ist es gestorben. Aber das Andere ist auch gestorben. Mein Kind", kurz stockte die Stimme des Mädchens, dann konnte es weitersprechen, „liegt dort bei der Tanne. Das Andre, was war, liegt nirgendwo mehr – nur noch bei Gott."

Heinrich war überwältigt von Liebe und zugleich von einem Anstrom von Heiligkeit. Er hatte nicht das Gefühl, mit einem Mädchen hier zu gehen, sondern mit einem Engel.

„Und der Spott, Marie?"

„Ich weiß nicht, Heinrich. Es berührt mich alles nicht mehr. Ich glaube, sie könnten mich sogar totschlagen, wenn sie es wollten. Der Spott ist weit weg, so weit weg... Manchmal,

Heinrich, manchmal habe ich das Gefühl, ich wandle mit Ihm, weißt du? Mit dem Herrn selbst. Es ist so ein wunderschönes Gefühl... Der Spott tut weh, ja. Aber hat er Ihm nicht genauso wehgetan?"

Das Mädchen musste aufschluchzen.

„Was ist, Marie?"

Heinrich umfasste bestürzt ihre Schultern.

„Nichts, Heinrich!", schluchzte sie hilflos. „Nichts!"

Es dauerte eine Weile, bis sie sich wieder ein wenig gefasst hatte.

Dann sagte sie, noch immer halb schluchzend:

„Glaubst du – glaubst du nicht auch – dass – dass es – etwas Wunderschönes sein kann – *mit* Ihm die Dornenkrone zu tragen?"

Hilflos wischte sich das Mädchen die Augen – und lachte kurz hilflos, wie wenn man vor Glück weinte oder eine heilige Verlegenheit offenbarte.

„Dann ist Er ja nicht mehr allein..."

Noch einmal schluchzte das Mädchen, dann atmete es in einem tiefen Frieden lange aus.

Heinrich war erschüttert und fühlte sich fast nicht würdig, neben diesem Mädchen zu gehen. Zugleich empfand er die allertiefste Dankbarkeit, dass sie auch ihn erwähnt hatte, und den tiefsten Willen, ihrer unendlichen Unschuld auf immer würdig zu bleiben.

„Maria Muttergottes", murmelte er. „Ich danke dir..."

„Marie", fragte die alte Bäuerin das Mädchen zwei Abende vor dem Johanni-Tag, würdest du dir wünschen, dass die Schuld des Seiler-Bauern offenbar werden würde?"

Das Mädchen sann tief nach.

„Nein, Mutter" – sie hatte in diesen Tagen der alten Martha ihr inniges Bedürfnis gestanden, sie ‚Mutter' zu nennen, und diese hatte es natürlich tief berührt zugelassen – „nein – ich finde in mir keinen solchen Wunsch mehr. Er bekäme dann gewiss Spott und Schmach – und ich kann das niemandem mehr wünschen."

Die alte Bäuerin nickte. Dann murmelte sie:

„Als hättest du es je gekonnt..."

„Was hast du gesagt, Mutter?"

„Nichts... Aber, Marie, wenn der Spott dann für immer über euch bleibt – und über uns?"

Die reinen Augen des Mädchens blickten sie an.

„Dann entscheidet ihr diese Frage – nicht ich..."

„Er muss wachsen...", murmelte Martha.

„Mutter, was hast du gesagt?"

„Ich dachte", erwiderte diese, „bei deinen Worten nur gerade an das Wort des Täufers, dessen Tag wir morgen feiern: ‚Er muss wachsen, ich aber muss abnehmen.'"

„Wieso dachtest du bei meinen Worten an diese?"

„Weil du auch sagtest, ‚nicht ich...', mein Kind."

Das Mädchen schwieg.

„Aber", nahm die Bäuerin den Faden wieder auf, „*könntest* du dem Seiler-Bauern seine Schuld irgendwie nachweisen? Hättest du eine Möglichkeit dazu?"

Wieder dachte das Mädchen nach.

„Ich habe keine Zeugen, Mutter."

„Es muss nicht immer Zeugen geben."

Ein Schatten huschte über das Gesicht des Mädchens.

„Warum zwingst du mich, wieder daran zu denken?"
„Ich zwinge dich nicht, Marie. Es tut mir leid..."
Eine kleine Stille legte sich zwischen sie.
„Er hatte ein Muttermal...", sagte das Mädchen leise.
„Ein Muttermal? Wo?"
„Warum willst du das wissen, Mutter?"
„Vertraust du mir, Kind?"
„Ja."
„Dann sag es mir..."
„Ich weiß es nicht mehr genau. Irgendwo ... zwischen..."
Das Mädchen musste schlucken. Weil aber die alte Bäuerin auf die Antwort wartete, setzte es neu an.
„zwischen ... Nabel ... und – –"
„Gut, Kind – vergiss es wieder. Es ist vorbei. Es liegt weit hinter dir."
„Warum tun Menschen das Böse, Mutter?"
„Weil sie ihren Nächsten zu wenig lieben."
„Ich hoffe, der Seiler-Bauer und alle anderen Menschen lernen die Liebe irgendwann."
„Ja – das hoffe ich auch", sagte die alte Martha.

Am Abend des nächsten Tages kam die Bäuerin von einem Weg ins Dorf zurück, als sich die kleine Familie zum Abendessen sammelte.

Sie sahen an ihrem Gesicht einen Ausdruck, den sie bisher an ihr nicht kannten: sieghaften Triumph. Dann legte die alte Martha einen Beutel auf den Tisch.

„Was ist das?", fragten Heinrich und Marie fast gleichzeitig.

„Das ist ein kleiner Acker."

„Ein kleiner Acker?", fragte Marie bestürzt. „Woher hast du so viel Geld?"

„Der Seiler-Bauer hat es mir gegeben."

„Warum?", fragte das Mädchen betroffen.

„Nun, ich ging zu ihm und sagte ihm, dass lange genug Gerüchte und Spott über euch hereingebrochen seien. Nun sei er an der Reihe, und es sei Zeit, dass die Wahrheit ans Licht käme – oder er die Schuld in irgendeiner Weise wiedergutmachen würde. Er versuchte erst, mich zu verhöhnen. Aber ich sagte, wenn er *das* Spiel spielen wolle, dann würde ich morgen nach dem Johannis-Gottesdienst eine große Abrechnung beginnen. Erinnert ihr euch der Worte des Täufers? ‚Er muss wachsen, ich muss abnehmen'? Der Seiler-Bauer, dieser Frevler an dem heiligen Namen, heißt auch Johannes! Welcher Tag wäre geeigneter, ihn an die eigentliche Bedeutung zu erinnern?

Er aber sagte höhnisch: Du hast nichts in der Hand. Da sagte ich: Aber das Mädchen weiß etwas, was es nicht wissen würde, wenn du es nicht gewesen wärst. Da höhnte er wieder, wenn auch ängstlicher. Da schickte ich mich an, zu gehen, und plötzlich hielt er mich zurück. Und das Ende war ... dieser Beutel."

Sprachlos starrte das Mädchen auf den Beutel – und die anderen beiden mit ihm.

Dann sagte das Mädchen:
„Ich will den Beutel nicht.“

Heinrich blickte sie fast entgeistert an.
Die alte Bäuerin sagte:
„Kind, bedenke, was ihr mit dem Geld tun könnt. Ihr hättet keine Not mehr. Ihr könntet gehen, wohin ihr wollt, und überall neu anfangen.“
„Wir wollen nirgendwohin gehen“, antwortete das Mädchen.
„Nicht wahr, Heinrich?“
„Ja...“, sagte Heinrich zögernd.
„Oder möchtest du woanders hingehen?“, fragte Marie nun.
„Nun“, erwiderte Heinrich langsam. „Wenn man ohne Spott irgendwo neu anfangen könnte, Marie?“
„Heinrich!“, bestürmte das Mädchen ihn. „Mit dem Geld des Seiler-Bauern? Oder überhaupt, weil man plötzlich Geld hat? Hier haben wir eine *Mutter*, Heinrich! Und einen Bruder! Was willst du denn mehr?“

„Spott ist für einen Mann oft schwerer zu tragen, Marie“, warf die Bäuerin ein.
„Aber es ist Maries Geld“, sagte Heinrich. „Ich werde tun, was sie tut.“
„Es ist nicht mein Geld“, widersprach das Mädchen.
„Der Seiler-Bauer hat es mir für dich gegeben.“
Das Mädchen nahm den Beutel. Es stand auf.
„Dann bringe ich es ihm zurück.“
„Damit er dich noch einmal verhöhnt?“
„Ja, das kann er tun.“
„Marie, von diesem Geld könnte ein ganzer Acker gekauft werden.“
Das Mädchen zögerte.
Dann schob es den Beutel der alten Bäuerin zu.
„Dann kaufe den Acker.“
„Willst du das?“

„Mutter!", seufzte das Mädchen da auf. „Du hast mich gestern gefragt, wie ich denke, und ich sagte dir, es ist alles weit hinter mir. Nun ist es alles wieder da. Sogar Geld ist da. Bezahlt er damit mein Schweigen? Oder dein Schweigen? Mein Schweigen ist nicht zu bezahlen. Ich gebe es umsonst oder gar nicht. Wenn es dein Schweigen ist, dann nimm du das Geld, Mutter. Wenn es mein Schweigen ist, muss ich das Geld zurückbringen..."

Lange sah die Hungerbäuerin das Mädchen an. Dann schob sie ihm den Beutel hin.
„Ich tat es um deinetwillen, Kind. Wenn du schweigen willst, kann ich nicht an dir vorbei reden, du hast Recht. Du hast mir gestern gesagt, du willst nicht Schande über den Seiler-Bauer bringen, also kann ich's auch nicht, denn sonst würde ich deinen Willen verletzen, nicht wahr? Wenn aber der Beutel zurück soll – soll ich ihn zurückbringen, oder willst du es tun?"
Marie überlegte kurz. Dann sagte sie:
„Bring du ihn auch wieder zurück, Mutter."
Die alte Bäuerin senkte den Kopf.
„Du bist also bereit, weiter zu hungern?"
„Ja, Mutter."
„Und vielleicht zu verhungern?"
„Ich will nicht durch das Geld des Seiler-Bauern leben."
„Durch ihn habt ihr auch nirgendwo sonst eine Bleibe gefunden."
„Das war auch vorher so."
„Aber ohne ihn hätte Heinrich hier gewiss woanders Arbeit."

„Aber wir sind jetzt *hier*, Mutter! Hier ist doch der Ort, wo wir hingehören – fühlst du das nicht?"
„Doch", sagte die alte Bäuerin mit rauer Stimme. „Ich kann euch nur nicht ernähren, Kind!"
„Dann muss es Gott! Der Seiler-Bauer soll es nicht."

„Wenn es aber Gottes Wille wäre, dass für euch nun gesorgt ist? Du weißt, es war auch nicht *sein* Kind..."

Das Mädchen verstummte unsicher.

„Kann das sein?", fragte Heinrich.

„Es kann alles sein", erwiderte die Bäuerin.

Das Mädchen sann angestrengt nach. Dann sagte es:

„Wenn es Gottes Wille ist, muss der Seiler-Bauer nicht dazu gezwungen werden."

„Vielleicht ist es nur *dein* Wille, den Seiler-Bauern nicht zu zwingen."

„Ja, es ist mein Wille."

„Warum, Marie? Weil du dein Schweigen nun als bezahlt empfindest, obwohl es nicht bezahlt werden kann?"

„Ja, vielleicht...", sagte das Mädchen leise.

„Kannst du es nicht sehen, wie du willst, und dir denken, dass du aus freien Stücken geschwiegen hast – und dass dir der Seiler-Bauer aus *Dank* dafür das Geld gegeben hat?"

„Obwohl er es nicht müsste?"

„Ja."

„Aber so hat er es nicht getan."

„Würdest du es denn in diesem Fall von ihm annehmen?"

Wieder sann das Mädchen nach.

„Um euretwillen, ja. Es käme mir aber noch immer wie ein Loskaufen von der Schuld vor."

„Und wenn sein Dank aufrichtig wäre? Wenn es kein ‚Preis' wäre – sondern etwas, was du annehmen könntest, weil eine Art Reue vorausginge?"

„Dann ja. Aber das ist ja unmöglich."

„Und wenn ein Gericht ihn zu dieser Zahlung verurteilt hätte – hättest du ihm das Geld dann auch wieder zurückgegeben?"

„Nein."

„Warum nicht?"

„Weil dann alles seine Ordnung hat. Weil es kein ‚Schweigegeld' ist."

„Aber du möchtest gerade, dass es keine Gerichtsverhandlung gibt."

„Ja, das ist auch wahr."

„Du willst also nicht sein Ankläger sein, und du willst auch nicht, dass er überhaupt angeklagt wird, sondern er soll die Sache mit sich und Gott allein ausmachen?"

„Ja."

„Wenn aber die Anklage oder etwas anderes gerade verhindern würde, dass so etwas noch einmal geschieht?"

Das Mädchen erstarrte erschrocken.

„Daran habe ich nicht gedacht..."

Die Bäuerin nickte leise.

„Ja, weil du nicht an das Böse im Menschen denkst."

Das Mädchen sann nach.

„Du meinst", sagte es schließlich langsam, „wir könnten das Geld annehmen, damit der Seiler-Bauer zugleich Angst hat, es jemals noch einmal zu tun?"

„Das würde hoffentlich gewiss auch eine Folge sein."

„Gut – dann behalten wir es deshalb, und aus keinem anderen Grund."

Das Mädchen war sichtlich erleichtert – ebenso aber auch die Hungerbäuerin, auch wenn diese es sich viel weniger anmerken ließ.

Heinrich kam die ganze lange Rede und Gegenrede wie ein Traum vor – vor allem aber der Reichtum auf dem Tisch, von dem er sich noch immer keine rechte Vorstellung machen konnte, wiewohl er genau wusste, wieviel Geld es war.

Tief nachsinnend legten die beiden jungen Menschen sich an diesem Abend schlafen.

Nach dem Johannis-Gottesdienst, an dem Marie das erste Mal wieder teilnahm und entsprechende Blicke erhielt, ging sie furchtlos zum Seiler-Bauern und bat darum, mit ihm sprechen zu dürfen. Der Bauer fragte sie schroff und sichtlich unwohl, was sie wolle, aber ihm blieb nichts anderes übrig, als die Seinen vorauszuschicken, um der Magd zuzuhören – etwas noch nie Dagewesenes.

Als alle gegangen waren, sich mehrmals umwendend, und der Bauer abermals schroff gefragt hatte, was sie wolle – Heinrich, Martha und ihr Sohn blieben abseits –, sagte das Mädchen aufrichtig:
„Ihr Geld ist kein Schweigegeld – aber ich werde schweigen und den Spott ertragen, den Ihr sonst tragen müsstet. Es war nicht recht, was ihr tatet, es war eine furchtbare Sünde, und Ihr müsst Euch vor Gott verantworten. Es ist auch nicht recht, dass Ihr mich den Spott tragen lasst, aber ich trage ihn gern für Euch – denn ich weiß, dass ich unschuldig bin, und ich möchte auch Euch nichts Böses. Ich wünschte, Ihr würdet ein besserer Mensch werden – ein Mensch, der die Liebe kennt und der jeden anderen Menschen achtet als das, was er ist: ein Mensch, wie Ihr.
Ich wollte Euch das Geld zurückbringen. Ich behalte es nur, damit Ihr nie wieder dasselbe tut. Dennoch wird Gott Euer Richter sein – und Ihr werdet Euch vor Ihm verantworten müssen. Ich will Euch nichts Böses – ich wünschte nur, Ihr würdet ein besserer Mensch! Lebt wohl – ich werde Euch nicht mehr behelligen. Wir werden auf dem Hungerhof bleiben, und ich wünschte, wir könnten in Frieden leben.
Ich danke Euch, dass Ihr mich angehört habt."

Das Mädchen blickte dem Seiler-Bauern so aufrichtig in die Augen, dass dieser sich unbeholfen abwandte und davonging – an den drei anderen vorbei.

Auf dem Heimweg wollten alle drei wissen, was Marie dem Bauern gesagt habe, und sie fasste es schüchtern zusammen...

*

Das seltsame Begebnis, dass der Seiler-Bauer nach dem Gottesdienst eine Magd anhörte und von ihr aufgehalten werden konnte, hatte zur Folge, dass sich auch daran wieder Gerüchte knüpften, die schnell die Wahrheit umkreisten.

Die Macht des Seiler-Bauern führte dazu, dass diese Gerüchte viel heimlicher und verhaltener kursierten und dass der Bauer denken konnte, es wäre im wesentlichen nichts geschehen. Eine Folge aber gab es sicher: Der Spott gegenüber Marie und Heinrich ließ nach und wich immer mehr einem Rätsel, das die Folge der einander widersprechenden Gerüchte war.

Als die ersten Menschen, darunter Christoph, der Knecht vom Seiler-Hof, Marie und Heinrich direkt fragten, taten diese nichts, das Rätsel zu verkleinern, sondern erwiderten immer nur, die Menschen sollten aufhören, Gerüchte zu verbreiten, und einfach auf die Herzen schauen, nicht urteilen, sondern nach Gottes Willen leben.

Auf diese Weise gewannen sie sich nach und nach die Achtung und schließlich sogar die Liebe vieler Menschen, auch unter ihren ehemaligen Spöttern.

Der Seiler-Bauer konnte sich letztlich nicht beklagen. Sein Ruf litt nicht wesentlich. Er blieb mächtig und einflussreich, die Gerüchte verliefen sich, und wo nicht, blieben sie heimlich und wirkungslos. Er erinnerte sich wohl oft an das Gespräch mit dem Mädchen, dem er Gewalt angetan hatte, aber ein anderer Mensch wurde er davon nicht – nicht im äußerlichen Leben. Dennoch rührte er kein anderes Mädchen mehr an.

Am zweiten Advent standen Heinrich und Marie wieder auf der Höhe in der Nähe des Hungerhofes. Beide hatten warme Jacken an, in denen sie nicht froren.

Leise sagte Marie:
„Heute vor einem Jahr sind wir hier angekommen, Heinrich."
„Ja", gab Heinrich ebenso leise zurück. „Ich wollt's nicht sagen, Marie."
„Warum nicht?"
„Weil du so viel gelitten hast."
„Du auch, Liebster."
„Aber du mehr."
Marie wandte sich zu ihm und umschlang seinen Hals.
„Das ist vorbei, Heinrich. In drei Wochen, in der Weihnachtzeit, heiraten wir. Ist das nicht wunderbar?"
„Ja, das ist es."
„Ich bin so glücklich..."
„Ich auch."

„Mein einziges Weh ist, dass wir kein großes Fest geben können."
„Das mag dir kein Leid geben, Marie. Ich hätte mir nie geträumt, dich überhaupt heiraten zu können – mit Kirche, mit Heimat, mit Mutter und Bruder..."
„Ja, Heinrich – ist es nicht alles Gnade? Gottes Gnade – alles?"
„Das muss es wohl sein."
„Wenn Gottes Gnade so groß wäre, dass wir feiern könnten, ich meine groß, dann würde ich nicht nur das ganze Dorf einladen wollen, sondern vor allem auch den Seiler-Bauern – und ich würde ihm selbst eingießen und zu essen auftun..."
„Warum, Marie?"
„Ich weiß mir nicht zu helfen, Heinrich. In meiner Brust ist es so weit, in meinem Herzen ist's wie lauter Licht – und ich

wünschte mir so sehr, dass alle Menschen *gut* würden, und er vor allem..."

„Liebet eure Feinde – Marie, wie leicht dir das fällt..."

„Er ist nicht mein Feind, Heinrich, und deiner auch nicht. Wir haben überhaupt keine Feinde. Ich weiß nicht, wer mein Feind sein kann. Heinrich! Der Advent ist da. Unser Herr kommt. Hat Er keine Hütte, so wie wir, damals? Nein, die Herzen sollen wir Ihm auftun! Und meines, Heinrich, meines ist so offen, wie ich es gar nicht beschreiben kann! Seine Gnade ist unbeschreiblich – und ich, ich bin nur ein schwaches Mädchen, aber ich möchte zurückschenken, was ich kann, damit die Menschen verstehen..."

Marie sah ihn wie in seliger Entrückung an.

„Damit sie *verstehen*, Heinrich! Wir sind die kleinen Schenkenden, egal, wieviel wir tun. Aber Gott ist der große Schenkende..."

Und das Mädchen umschlang ihn innig.

Heinrich aber hatte das Gefühl, als hielte er eine heilige Jungfrau im Arm – Marie, die Gnadenreiche, die Gottesmutter, die schon vor der heiligen Weihnacht den Herrn in ihrem Herzen trug.